나를 속삭이는 밤

2020 ⓒ 김민

나를 속삭이는 밤

김민 지음

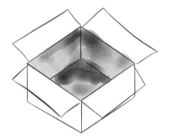

W미디어

차례

생에서 잃어버린 무언가가 '나를 속삭이는 밤'에 있다. 타인과의
대화가 관계를 키우듯 자신과의 대화는 존재를 키운다. 마음이
조급해지면 걷는다. 괴로운 일이 있을 때도 걷는다. 길을 잃어
불안해질 때마다 무작정 걷는다. 산책은 시간의 흐름에서 잠시
비껴 서는 일. 계속 빨라지는 물살에서 잠시 벗어나 그저 발걸음
만 옮긴다.

산책은 나를 향한 발걸음이다. 방향과 속도, 거리에서 자유로
워진 발걸음은 어느새 자신에게 닿는다. 밤의 한가운데서 반짝
이는 것이 있다. 누군가가 건넸던 따뜻한 말 한마디, 이루지 못
한 꿈의 흔적들이 강 저편에서 빛난다. 완전하지 않아도 온전한
나의 이야기. 미완의 문장들이 모여 생을 이룬다.

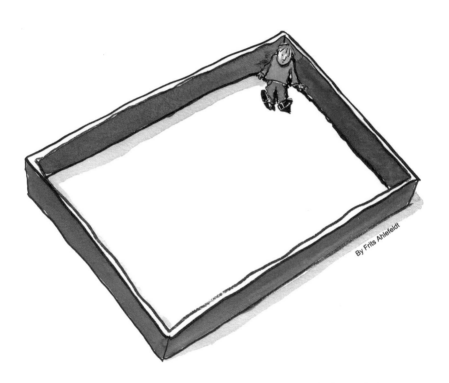

By Frits Ahlefeldt

무겁다면 행복도 짊어지지 않기로 했다.
물건은 아껴야 오래 가고,
사랑은 아끼지 않아야 오래 간다.

완벽하지 않아도 삶은 문장이 된다. 세상이 글감에 불과하다는 사실을 깨우치면 생은 가벼워진다. 강 저편에서 바라볼 때 비로소 생은 온전한 이야기가 된다. 때로 힘겨운 순간도 있겠지만 상처 없이 살아남은 사람이 누가 있을까. 마음에 담아두지 않기로 한다. 마음에는 소중한 것만 채우기로 한다. 매 순간을 충만으로 채우기 위해 애쓰기보다 공허를 끌어안는 방법을 배우리라. 여백을 사랑하는 방법을 배우리라.

여기 제멋대로 페이지를 넘기는 바람이 있다. 살아있는 존재는 바람을 막을 수 없다. 온 몸으로 바람을 느끼리라. 바람에 몸을 맡기고 넘어가는 페이지의 쉼표 하나까지 영혼에 차곡차곡 담으리라. 미완은 완전하여 결핍되지 않은 상태가 아니다. 세상을 온전히 맛보아 뜻을 헤아리는 일이다. 그럼으로써 생의 그릇을 채우는 일이다. 소복소복 쌓인 문장 사이를 걷는다. 마지막 문장이 끝날 때까지 계속해서.

길을 잃은 적은 한 번도 없다. 길을 잃은 게 아니라 자신을 잃은 것뿐이다. 스스로 길이 될 수 있음을 잠시 잊고 살았던 것뿐이다. 꽃길을 걷지 않아도 좋다. 스스로 꽃이 될 수 있는, 스스로 길이 될 수 있는 힘이 내 안에 있음을 떠올린다. 먼 앞을 내다보며 계획하지 않으려 한다. 생을 산책으로 여기려 한다. 더 나은 삶이 아니어도 좋다. 한해살이 풀꽃처럼 살려 한다.

　온전한 나의 생을 살기 위해 필요한 문장이 여기에 있다. 밤 하늘에 아무리 많은 별이 빛나더라도 나는 내 방의 촛불을 켜야 만 한다. 나는 나를 사랑해야만 한다. '나를 속삭이는 밤' 어딘가 에서 당신 안에 반짝이는 무언가를 찾을 수 있길 바란다. 이미 온전한 당신의 생을 그저 안아주길 바란다.

제1장

반짝이는 것을 남기고 간다

못갖춘마디

구멍 없는 피리는 소리 내지 못하며
속이 비어 있지 않은 북은 울리지 않는다.
간격을 잊은 거문고는 연주될 수 없다.

완벽하게 갖추어진 때란 없다.
이제 갓 춤을 추기 시작했을 뿐이다.
미완의 마디를 딛고 선 대나무처럼
마지막까지 하늘을 향할
영원한 못갖춘마디.

그것이 나의 생이다.

그림

그림을 멋지게 그리고 싶었다. 정물화도 좋고, 추상화도 좋다. 단순한 스케치라도 괜찮다. 머릿속에 떠오르는 이미지의 조각이라도 좋으니 표현하고 싶었다. 스케치북 한 권 가져보지 못한 유년 때문일까. 애초에 재능 따위는 한 줌도 없었기 때문일까. 이제 알아낼 방법도, 알아낸다고 달라질 시간도 없다. 이제는 알게 되었다. 그 누구라도 마음만 먹는다면 아름다운 그림을 그릴 수 있음을.

세상에서 가장 아름다운 그림은 대화라는 것을 알겠다. 대화는 재능 있는 누군가가 홀로 그려낸 명화보다 아름다운 그림이다. 결코 홀로 그려낼 수 없는 풍경화다. 사람과 사람 사이에서 찰나에 피어나는 눈부신 꽃이다. 눈으로 볼 수 없지만 함께 그려낸 사람의 영혼에 영원히 각인되는 강렬한 불꽃이다. 재능이 없어도 진실한 마음만 있으면 대화는 누구나 그릴 수 있다. 대화는 세상에서 가장 아름다운 꽃이다.

삶이 문장이 되는 일

당신이 원한 건 결론이 아닌 공감이었다. 당신이 바란 건 공정함이 아닌 다정함이었다. 당신이 소망한 건 정답이 아닌 따뜻한 응답이었다. 기대한 것들을 주지 못한 나에게 남은 건 당신 없이 살아갈 여생뿐이다.

운명이라 믿은 사람이 그저 스쳐 지나가는 인연이 되었다. 상처는 짙고, 울음은 깊었다. 그래도 스쳐 지나가는 찰나의 순간 나는 살아 있었다. 봄꽃처럼 찬란했다. 스쳐 지나간 후에 부르지 못할 이름 하나가 남았다.

영원을 약속했던 사람이 영영 부르지 못할 이름이 되었지만 끝내 스쳐 지나갔기에 운명임을 알게 되었다. 스스로 사람에게서 멀어진 것은 상처가 컸기 때문은 아니다. 사랑이 깊었기 때문이다. 당신을 알고 있던 사람들과 멀어졌고, 당신을 알지 못하

상처는 짙고, 울음은 깊었다.

는 사람들이 스쳐 지나갔다. 나에게서 멀어졌고, 생은 그저 스쳐 지나갈 뿐이었다.

  달콤한 마시멜로를 먹으면 지구 한 바퀴를 돌아도 살이 빠지지 않는다는 소문이 있었다. 정말 좋아한다면 지구 몇 바퀴라도 돌 각오로 얼마든지 먹을 수도 있는 거다. 달콤한 시간을 가졌으니 지구가 태양 주위를 몇 바퀴 돌 동안 생의 언저리를 헤매고 다닌 것쯤은 충분히 감수할 만한 일이었다. 생의 주위를 어슬렁거리는 동안 달콤함은 생에 스며들어 나를 이루는 무언가가 되었다. 고통이나 아픔도 소화할 시간이 오래 걸릴 뿐 결국 삶의 일부가 되는 건 마찬가지임을 알 수 있었다.

생이 고통 외에 다른 것으로 느껴지지 않아도 따뜻하게 안아주는 한 사람만 있으면 견뎌낼 힘을 얻는다. 설혹 그 사람이 사라졌다 해도 사랑이 진실이었다면 그는 생을 버려낼 권리를 잃지 않는다.

말도 안 되는 일이라 생각했던 것들이 납득할 수 있는 이야기가 되었을 때, 조금은 생을 이해하게 되었다. 상실이나 실패, 사랑과 기회 같은 단어들이 어떻게든 이어져 문장이 되는 방식을 알게 되었다. 흐름을 완전히 통제할 수는 없지만 일상을 바꿀 수는 있음을 알게 되었다. 짧게는 몇 줄, 길어도 몇 장을 넘지 않을 생의 줄거리는 타당한 인과는 물론 우연을 필요로 함을 알겠다.

흐름을 이해하기 위해서는 시간이 필요했다. 이해한 후에야 시간이 온전히 내 것임을 알았다. 하필이면 '그때'라고 생각했던 일은 언제라도 일어날 수 있는 일이었고, 내게만 유난히 자주 닥친다고 여겼던 불행은 다른 사람에게도 다른 방식으로 다가오는 일이었다. 영문을 알 수 없던 고통은 지나간 후에야 이유를 납득할 수 있었다.

좋은 것들이 그러하듯 나쁜 것들도 결국 이야기가 되었다. 생에 닥쳐온 모든 것들은 저마다의 이유를 갖고 있었다. 생에 닥쳐온 것들에 맞선 시간은 나만의 이야기가 되었다. 각각의 일들에 반응할 때마다 생의 방향은 변했다. 변곡점들이 이어져 생을 그린다. 각각의 사건들이 이어져 특별한 노래가 된다. 짧은 문장이 이어져 생의 서사를 완성한다. 완벽하지 않은, 그래서 완결되지 않은 이야기의 끝을 향해 나아간다.

상대를 이해하지 못해도 사랑할 수 있다. 상대를 믿지 못해도 사랑할 수 있다. 심지어 상대가 사랑하지 않아도 사랑할 수 있다. 그러나 자신을 사랑하기 위해서는 자신을 이해해야 한다. 자신을 믿는 만큼 사랑할 수 있다. 자신을 사랑하지 않으면 누구도 사랑할 수 없다. 자신을 사랑하기 위해서는 이해와 믿음이 반드시 필요하다. 스스로를 속일 수 없다. 불완전한 자신을 사랑하게 될 때 온전한 삶이 시작된다. 불완전한 자신을 인정하는 것은 아직 이야기가 끝나지 않았음을 받아들이는 일이다.

행복의 그림자

신은 세상에 인간을 내보낼 때 행복을 함께 주었다. 인간은 신이 준 선물을 찾기 위해 세상 곳곳을 헤맨다. 인간은 높은 산꼭대기에 올랐고, 깊은 바다 속을 탐험했다. 세상의 모든 동굴에 들어가 보았다. 사막을 건너고, 밀림을 파헤쳤다. 그것으로 부족해 비행기를 만들어 하늘을 날고, 잠수함으로 심해까지 조사했다. 로켓을 만들어 달의 뒷면까지 가보았으나 끝내 행복을 찾아내지 못했다.

신은 행복을 인간의 그림자에 넣어두었다. 어디에 가더라도 그와 떨어질 염려가 없게 해두었다. 누구도 타인의 행복을 훔칠 수 없도록 해두었다. 살아 있는 한 그림자에게서 떨어지는 것은 불가능하다.

행복은 무게가 없다. 애초에 신은 인간을 사랑하기에 행복을

행복은 언제나 당신과 함께 해왔다.
그림자가 당신에게서 한시도 떨어진 적이 없는 것처럼
행복은 한 번도 당신을 포기한 적이 없다.

선물했을 뿐. 그럼에도 어떤 인간들은 행복에는 자격이 필요하다 판단하고 스스로를 몰아붙인다. 스스로를 고통으로 밀어 넣은 뒤 그곳에서 빠져나온 안도감을 행복이라 착각한다. 어떤 인간들은 행복에 가격표기 매겨져 있다고 착각한다. 더 많은 돈을 가지면 행복을 살 수 있을 거라 믿는다. 어떤 사람들은 자신을 증명해야 행복을 얻을 수 있다 생각하고, 또 어떤 사람들은 타인에게 행복을 구걸한다.

신은 행복의 대가로 무엇도 요구하지 않는다. 매일 밤, 신은 자신의 그림자를 드리워 지친 인간들에게 안식을 제공한다. 빛 뒤에는 언제나 그림자가 있음을 깨닫길 바라며 세상을 끌어안는다. 행복은 언제나 당신과 함께 해왔다. 그림자가 당신에게서 한시도 떨어진 적이 없는 것처럼 행복은 한 번도 당신을 포기한 적이 없다.

꽃이 져도 생은 지지 않는다

머칠 만에 집으로 돌아왔다. 정겨운 바다. 해안도로 위로 태양은 뜨겁게 내리쬐고, 구름은 층층이 쌓여 어디론가 흘러간다. 집은 떠나기 전의 모습 그대로다. 고요하고 다정한 공기. 가방을 놓고 냉장고를 열어 물을 마신다. 아마 앞으로도 누군가에게 다녀왔다 말할 날은 없을 것이다. 누군가에게 다녀올게 말할 일도 없을 것이다. 아무도 없는 집을 나섰다가 아무도 없는 집으로 돌아오는 생을 이어가게 될 것이다. 그것도 나쁘지 않다. 어떤 바람도 남아 있지 않기에 나를 흔들 수 있는 것도 없다.

반짝이며 빛나던 시절에 우리가 만날 수 있어 다행이다. 반짝 반짝 빛나는 날을 만들 수 있었기에 후회는 없다. 오늘도 태양은 지치지 않고 선명한 햇살을 방 안에 쏟아 붓는다. 저녁이 되면 바다에서 기분 좋은 바람이 불어온다. 우리가 보낸 날은 여름이었다. 한없이 뜨거운 여름을 보낸 사람은 가을을 맞이할 수 있음에 감사할 뿐 여름을 그리워하지 않는다. 당신의 계절에 다녀올 수 있어서, 누구보다 눈부신 여름을 보낼 수 있어서 다행이다.

막연히 두려워하던 내일이 실은 세상 누구에게나 겪어본 적 없는 새로운 날임을 받아들이고 나니 평화로워졌다. 한참 악물고 있던 이 밑에 피가 돌기 시작한 느낌이었다. 살아 있다는 것은 매 순간 미지의 공간에 발을 딛는 거였다. 그렇게 생각하니 끝도 그리 무섭지 않다. 눈부신 매 순간은 담을 수 없다. 생이 얼마나 위태롭게 지탱되는지, 사람들은 너무 쉽게 죽어 버린다. 운이 조금만 나빠도 세상에서 허망하게 사라져 버린다. 길을 가다 미끄러져서, 잠시 졸아버려서. 누군가의 살의나 질병, 수명 때문이 아니어도 지독하게 사소한 이유들로 생은 끝난다.

오늘도 병원에서 누군가가 죽고, 남겨진 사람들이 운다. 매주 혹은 매달 어이없이 세상을 떠난 사람의 소식을 듣는다. 완결이 미리 소식을 알리고 찾아올 거라 믿는 건 자기 기만에 불과하다. 삶은 높은 빌딩 위에서 외줄타기를 하는 것과 다를 바 없다. 높은 곳을 두려워하면서도 자기 발밑의 깊은 어둠은 보지 못한다.

지금까지 살아온 날을 돌아보면 경이로울 뿐이다. 용케 살아 남았구나. 계산할 수 없을 정도의 행운과 살기 위한 안간힘이 모

소중한 것은 사라지지 않는다.

여 기적처럼 생을 이어왔다. 스스로 대단하다 말하기에 쑥스러워서 인간은 신의 이름을 부르는 건지도 모른다. 신의 이름이 아니면 설명하기 힘든 황홀한 생명의 이어짐. 그저 물비늘처럼 순간에 녹아들려 한다. 그저 함께 흘러가려 한다. 무언가가 되는 일 따윈 신경 쓰지 않으려 한다.

무언가가 되지 않아도 세상은 이미 환희로 가득 차 있다. 살아 있는 동안 끊임없이 느끼고, 아직 느낄 수 있음에 감사하며 남은 날들을 살아가려 한다. 좀 더 나은 사람이 되려는 것은 인간의 본능일 테지만 본능에 휘둘리지 않으려 한다. 어제보다 나아졌는지 집착하지 않으려 한다.

지금 여기에서 살아 있음을 느끼는 것보다 본질적인 건 없다. 지금 이대로도 괜찮지 않을까. 물결에 느긋하게 몸을 맡기고 가보려 한다. 마땅히 마주하게 될 그곳에 닿을 때까지. 다시 올 수 없는 이곳에서 마주한 적 없는 저곳으로, 기꺼운 마음으로 생명을 내어주며 이어가려 한다. 나중에 뒤돌아보면 모두 좋은 날이 될 것을 안다.

사라져 가는 것들을 슬퍼했다. 잃어버린 것들을 오랫동안 그리워했다. 끝내 모든 것이 사라지고 마는 것이 먹먹했다. 두려웠다. 지혜를 얻기 위해 필요했던 상실을 겪었다. 충분히 슬퍼한 후에야 알 수 있었다. 이따금 기운 달을 보며 울었던 것은 마음이 기울어진 까닭이 아니라 생을 바로잡기 위해 흘려보내야 할 마음이 있었기 때문이다.

사라진 것은 아무것도 없다. 사람은 사라져도 그 사람만큼의 공간이 생겨난다. 각자의 삶이 부딪쳐 만들어낸 소리는 사라지지 않는다. 온 힘을 다해 부딪쳐 만들어낸 소리는 울림이 된다. 울림은 각자의 가슴에 남는다. 소리는 사라져도 울림은 사라지지 않는다. 한 번의 마주침마다 하나의 음표가 태어난다.

생의 노래가 만들어지는 방식을 이제야 알겠다. 사람이 몸을 비벼 만들어낸 현의 노래, 세상과 사람이 부딪쳐 울리는 북소리, 어제와 내일 사이를 잇는 시간의 통로. 비좁은 시간의 통로에서 울리는 나지막한 목소리. 인연이 이어지면 생은 넓어질 것이고, 인연이 끊어지면 생은 깊어질 것이다. 생이 이어지면 인연은 넓어질 것이고, 생이 끊어지면 그리움은 깊어질 것이다. 사라지는 것은 없다. 소중한 것은 사라지지 않는다.

수국은 대부분 지고, 남아 있는 꽃의 빛깔은 탁해졌다. 그러나 푸른 벼들은 고개를 들어 햇볕을 머금고 서 있다. 파도는 찰랑이며 육지에 부딪친다. 푸른 벼가 자라 사람들을 먹일 것이다. 파도가 일렁이는 바다에서 푸른 물고기를 잡아 올려 삶을 이어갈 것이다. 꽃이 져도 생은 지지 않는다. 꽃이 시들어도 생은 저물지 않는다. 아름다운 것은 결국 시들지만 뜨겁게 부를 이름이 남아 있는 한 생은 끝내 저물지 않는다.

행복을 생각보다 가까이 둔다

단순하게 살면 편안해지는 것을 알면서도, 사소한 것들이 우리를 행복하게 하는데도, 버리면 가벼워지는 것을 느끼면서도 단순하게 사는 일이 쉽지 않은 이유는 생각부터 하기 때문이다. 단순하게 살자고 생각하면서도 욕심과 불안이 가득하다. 온갖 계획이 넘치고, 실행되지 않을 각오가 제멋대로 자란다.

단순하게 사는 것은 생각으로 시작되지 않는다. 행동을 일상에 채워 넣는 일에서 출발한다. 단순한 행동을 하나씩 신중하게 일상에 녹인다. 녹아든 행동이 습관이 되어 단단해지면 다시 다른 행동 하나를 녹인다. 행동을 하나씩 채워갈수록 삶은 심플해진다. 미니멀 라이프는 지금까지의 삶을 완전히 갈아엎는 토목공사가 아니다.

자연스러운 삶을 인위적으로 단기간에 억지로 끼워 맞출 수 없다. 작은 것을 버리는 데는 세심함이 필요하고, 작은 것으로 채우는 데는 시간이 충분해야 한다. 대부분의 문제는 마음에서 비롯하고, 문제의 대부분은 몸을 움직임으로써 해결된다. 생각보다 행동해야 한다. 말보다 발이 움직여야 한다. 비우고 채우는 과정이 힘겹다면 지나치게 서두르고 있는 것은 아닌지 돌아볼 때다. 변화의 과정 전부를 즐길 수 있어야 한다.

미니멀 라이프의 목표는 특정한 목적지에 닿는 것이 아니다. 근사한 흐름을 만들어내는 과정이다. 미니멀 라이프에는 자신과의 팀워크가 무엇보다 중요하다. 마음에 손발을 맞추고 행동이 따르고 생활 습관까지, 자신의 삶 전체를 한 가지 목표를 향해 집중하게 만들어야 한다. 온전히 집중하되 서두르지 않아야 한다.

과정이 여유롭지 못하면 만족스러운 결과가 나올 수 없다. 천천히 가기 위해 미리 달리지 않는다. 물론 욕심을 부렸다고 나쁜 길은 아니다. 욕심을 버렸다고 반드시 나은 길도 아니다. 어떤 길이건 원하는 방향을 향해 가고 있다면 충분하다. 행복을 향해 가고 있는가, 행복해지고 있는지가 본질에 가깝다.

행복은 생각보다 가까이 있다. 타인보다 행복하게 살고 싶다면 타인을 보다 놓치는 기쁨이 없어야 한다. 행복해지고 싶다면 행복과 자신 사이에 생각을 두지 않아야 한다. 비싸고 귀한 재료건 싸고 싱싱한 재료건 상관없다. 행복은 1인분이다.

행복을 공유한다고 행복의 총량은 늘어나지 않는다. 공유는 함께 소유한다는 뜻이 아니라 소중한 사람이 가진 것에 함께 기뻐하는 것을 이른다. 공유하면 좀 더 농밀한 행복을 맛볼 수 있을 뿐이다. 마찬가지로 행복은 나눈다고 줄지 않는다. 조금 가벼워질 뿐이다.

여러 가지 재료를 섞어 만든 음식도, 한 가지 재료의 맛을 살린 음식도 저마다의 맛이 있다. 본질은 재료를 준비하고 맛보고 정리하는 과정에 얼마나 충실하게 임하는가이다. 행복의 재료는 얼마든지 있다. 음식에 대해 생각한다고 저절로 배가 불러지지 않듯이 행복에 대해 생각한다고 행복해지지 않는다.

우리에게 필요한 것은 단지 행복을 맛볼 시간이다. 어린 시절을 행복으로 기억하는 이유는 그 시절에는 사소한 것에도 온몸으로 반응했기 때문이다. 그것이 우리가 잃어버린 것이다. 다시 찾아내지 않으면 안 될 유일한 것이다. 어릴 때도 가능했던 기쁨을 자유로운 지금 찾지 못한다면 살아가는 것에 무슨 의미가 있을까.

행복은 생각을 뺀 만큼 가까워진다. 온갖 음식을 떠올리는 것은 배고플 때다. 죽음에 대해 생각하는 건 살아 있을 때다. 사랑에 대해 생각하는 건 사랑이 끝난 후다. 청춘에 대해 생각하는 건 청춘이 지나간 후다. 생각은 떠오르는 것. 물 위로 떠오른 물고기가 더 이상 살아 있지 않듯이 생각이 떠오른 대상은 더 이상 살아 있지 않은 거다. 행복도 마찬가지다.

행복에 대해 생각하는 것은 행복하지 않기 때문이다. 배불리 먹은 사람은 음식을 떠올리지 않는다. 사랑에 빠진 사람은 사랑에 대해 생각하지 않는다. 죽은 자는 죽음을 두려워하지 않는다. 젊은이들은 청춘에 대해 생각하지 않는다. 생각한다는 것은 멀어졌음을 뜻한다. 생각한다는 것은 충족되지 않았음을 말한다. 행복에 대해 생각함은 행복에서 멀어졌음을 뜻한다.

행복과 당신 사이에 생각을 두지 않아야 한다. 연인들이 서로를 안을 때 그들 사이에 누구도 허락하지 않는 것처럼, 당신에게 필요한 것은 행동뿐이다. 목마른 자가 물을 향하듯, 행동할 때 행복은 움직인다. 생각을 거두고 행복을 봐야 한다. 그리고 행복을 향해 다가가면 된다.

진정으로 욕망한다면 당신과 행복 사이를 막을 수 있는 것은

없다. 당신의 간절함을 생각에 낭비하지 않아야 한다. 사랑에
빠진 연인이 가시밭길을 마다하지 않듯이, 배고픈 자가 독을 두
려워하지 않듯이, 당신의 사소한 행복을 위해서라면 세상 따윈
어떻게 되든 상관없다는 듯이 나아가야 한다.

한해살이 풀꽃처럼

장마. 맑았다 금세 흐려져 비가 쏟아지고 다시 햇볕이 쨍쨍해지는 날의 반복이다. 땅이 바람을 붙잡은 걸까, 바람에 땅이 붙들린 걸까, 해마다 대륙을 향해 올라가고 싶은 바람과 바다를 향해 내려가고 싶은 바람이 씨름한다.

해마다 찾아오는 장마는 중년을 닮았다. 중년은 안정을 갈구하는 마음과 자유를 꿈꾸는 마음이 싸우는 시기다. 이제야 알 것 같다. 마흔의 나이가 된 것이 아니라 사십 개의 생을 살았다. 어느덧 마흔 살이 된 것이 아니라 마흔 번의 새로운 삶을 살았다.

해마다 생은 다시 시작된다. 이 같은 깨달음이 흔해빠진 것이면 어떤가. 아무리 많은 사람이 느낀 깨달음이라도 허기는 개별적이다. 타인의 깨달음으로 나의 배고픔을 채울 수 없다. 알을 깨는 것은 개별적 경험이다. 스스로 깨지 못하면 볼 수 없는 것들이 있다. 직접 걸음을 옮겨 닿아야 알게 되는 지혜가 있다. 깨달음은 스스로 알을 깨고 나와 닳음질쳐 닿는 장소다. 비가 오고 햇볕이 쬐는 날씨가 반복되고 풀들은 제멋대로 자라난다.

풀들은 제멋대로 자라나는 듯 보여도 분명 제대로 살아가고 있다. 한해살이 풀꽃처럼 살려 한다. 일 년에 발아, 생장, 개화, 결실의 생육단계를 모두 마치는 생을 살려 한다. 지금까지의 일 년은 영혼으로 이어져 있지만 각각의 고유한 생명력을 갖고 있다. 한해살이 식물처럼 사는 것은 요즘 유행하는 한 달 살기와 닮았다. 제주에서의 한 달, 세부에서의 한 달, 치앙마이에서의 한 달은 지금까지의 삶과 다르고 지금부터의 삶과도 다른 독자적인 생이다. 독립적이고 개별적인 생을 사는 것이다.

생을 축적으로 여기면 성과를 내지 못해 조급해진다. 이 나이 먹도록 이룬 것이 없는 것 같아 참담해진다. 해가 갈수록 공허만 더해진다. 매해 생이 새롭게 시작된다 생각하면 더 없이 편안해진다. 삶의 기준을 축소해야 한다. 해마다, 달마다, 날마다 생이 시작될 수 있음을 깨달아야 한다. 매일 새로운 출발선에 설 수 있는 일이 얼마나 경이로운지 느껴야 한다.

여기에 이른 것만으로도 놀랍다. 해가 갈수록 감사함은 깊어진다. 날마다 기쁨의 씨앗을 피우고, 달마다 자란다. 해마다 희망의 꽃을 피우고 열매를 얻는다. 일 년을 일생처럼, 일생을 일년처럼 그렇게 살려 한다.

반짝이는 것을 남기며 간다

오래 알고 지낸 사람과 대화하다 보면 생각보다 많은 것을 온전히 기억하고 있지 못함을 깨닫게 된다. 누이가 알 공예를 배웠다고 기억했던 것이 사실은 알 공예를 배우던 연예인과 기념촬영을 했던 것이라든가, 엄마가 다니던 공장 이름이 한 끗 달랐다든가, 친구가 겪었던 일에 대해 20년 넘게 잘못 알고 있었다든가 하는 식이다. 기억이란 얼마나 왜곡되기 쉬운가.

똑같은 풍경을 보면서도 다른 감상을 품고, 한 가지 사건을 전혀 다른 방식으로 받아들인다. 나름의 방식으로 해석한 뒤 서로 기억의 조각을 나눠 갖고 살아간다. 오래된 사람과의 대화는 기억을 복구하는 일이 된다. 누구의 기억이 맞는지는 중요하지 않다. 내가 이렇게 기억하는 것을 그는 저렇게 기억하고 있구나, 그렇게 생각하면 된다. 대화를 통해 풍경은 확장되고 사건을 이해하는 폭이 넓어진다. 추억은 풍성해진다.

깨진 거울을 맞추듯이 서로가 가진 기억의 조각들을 맞대어보는 일이 대화가 아닐까. 대화를 통해 기억은 온전해진다. 대화가 즐거운 것은 그 때문이다. 이야기를 나누며 두 사람은 좀 더 온전해진 기억을 공유하게 된다. 더 즐거운 것은 대화를 나누는 지금 또한 기억이 되리라는 사실이다.

사람과 멀어질 때 아픈 것은 기억 또한 나누어지기 때문이다. 쪼개진 기억은 다시 합쳐질 수 없다. 우리가 슬퍼하는 이유는 더 이상 그의 내가 될 수 없음이다. 그가 더 이상 나의 풍경이 될 수 없기 때문이다. 그와 더 이상 기억을 남길 수 없게 되기 때문이다.

하지만 그것이 서글픈 일만은 아니다. 기억의 조각은 세월에 마모되어 가슴에 남는다. 희석되고 부드러워진다. 조금 왜곡되었을지라도 괜찮다. 사람은 사라져도 반짝이는 기억 하나가 남는다. 반짝이는 기억을 품은 사람은 쉽게 무너지지 않는다. 살아 있는 한 곁에 있는 누군가와 이야기를 나눌 수 있다. 기억을 온전하게 만들며 추억할 수 있다.

떠나간 누군가는 반짝이는 추억이 되어 훼손되지 않은 채 남는다. 사람의 배경은 학벌이나 인맥 따위가 아니다. 사람이 사람의 풍경이다. 풍경이 사라져도 기억은 남는다. 그렇기에 그와의 기억은 완전한 형태로 남게 된다.

지난 시간을 보석이라 부르는 것은 다시 돌아갈 수 없는 안타까움 때문만은 아니다. 지나온 날들이 우리 생을 이루기 때문이다. 뒤돌아보면 세월이 우리 안에 들어와 삶으로 변한 흔적들이 반짝이고 있다. 반짝임은 우리 앞에 펼쳐진 가능성만큼 소중하다. 우리에게 주어진 세월을 살아내는 것만으로도 반짝이는 것들이 뒤에 남겨진다. 오늘도 반짝이는 것들을 남기며 멋진 풍경 속으로 걸어간다.

소중했던 것들이 추억이 되는 것은 그것들을 사용할 수 없게 되었음을 뜻할 뿐, 소멸을 뜻하지 않는다. 마음 상자 속에 들어간 이상 추억은 소모되지 않는다. 생을 버티게 만드는 부적이 된다. 상실한 것들은 소모되지 않는다. 이별한 이들은 늙지 않는다. 더 이상 마음을 받을 수 없게 되었지만 이미 받은 마음은 사라지지 않는다. 끝나버린 관계는 변질되지 않는다.

우리에게 필요한 것은 상실이 의미를 획득할 수 있는 시간이다. 감정도 사람을 대하는 것과 다르지 않아서 마음을 쓴 만큼 다가오고, 그렇지 않으면 결국 멀어진다. 자신을 즐겁게 만드는 일에 집중하면 그만이다. 엉망진창인 상황이라도 개의치 마라. 진흙탕에서 고운 연꽃이 피고, 추운 겨울일수록 동백은 붉게 물든다. 흔들리는 마음도 결국 아름다운 꽃을 피울 거름이 된다.

강물에 흘려보내다

당신은 어린 시절의 나를 사랑할 수 없는 게 슬프고 분하다고 말했다. 그래서 나를 닮은 아이를 갖고 싶다고 했다. 아마 지금 당신은 내가 알지 못하는 장소에서 아이를 기르며 살고 있을 테지. 우리가 꿈꾸던 소망을 다른 누군가와 함께 키워갈 테지. 울고 웃으며 당신의 생을 살아갈 테지…

당신이 함께하지 못해 슬퍼했던 나의 과거만큼, 당신과 함께하지 못한 미래를 슬퍼했다. 분노하고 원망했다. 우리 것이어야 했던 내일을 바라보느라 내 것이 될 수 있었던 미래를 흘려보냈다. 단단한 응어리를 녹이기 위해 눈물이 필요했다. 찌꺼기를 흘려보내기 위해 눈물이 필요했다. 강물처럼 많은 날이 필요했다. 세월을 먹고 슬픔을 배설하며 살았다. 강물 가운데에서 반짝이는 물비늘처럼 생은 여전히 아름다웠다.

강이 끝나는 곳, 바다가 시작되는 언저리에서 눈부신 추억 한 줌을 주웠다. 당신이 내게 남기고 간 것. 반짝이는 이야기를 품고 다시 나아간다. 강물을 따라 바다로 간다. 고통을 겪을 때는 원망 했지만 어떻게든 견디고 난 후 마음에 자리 잡은 단단하고 올곧은 것이 있었다. 마음 바깥에 있는 것들을 담담하게 바라보게 되었 다. 눈부신 사랑을 주어 고맙다. 상실을 경험하게 해주어 고맙다.

 더 없이 소중한 것을 잃어버린 덕분에 알게 되었다. 사람을 잃었기에 사랑을 통하지 않고도 삶을 끌어안는 방법을 배울 수 있었다. 누군가의 동경, 누군가의 욕망, 누군가의 질투, 누군가 의 실망, 누군가의 사랑, 누군가의 분노, 누군가의 절망, 누군가 의 그리움, 누군가의 애착, 누군가의 증오… 더 이상 부를 수 없 게 된 사람들이 준 무수한 감정들. 내가 그들에게 준 감정들. 그 들과 같았던, 때로는 그들과 달랐던 감정들…

 형체 없는 감정은 사람 사이를 잇기도 했고, 인연을 잘라내기 도 했다. 시간을 나눈 사람들, 마음을 나눈 사람들, 몸을 나눈 사람들. 대부분은 나와 관계없는 사람이 되었다. 사랑하고 이별 하고, 실망하고 분노하며 '우리'로 존재했던 사람들. 모두가 연 인은 아니었으나 전부 인연이었다. 우리에게 주어진 인연의 끈 은 거기까지.

아무도 잘못을 저지르지 않아도 인연은 끝난다. 어느 한 쪽이 조금만 더 기대해도, 어느 한 쪽이 조금만 더 사랑해도, 어느 한 쪽이 조금 더 그리워하는 것으로도 인연은 쉽게 끊어진다. 한 쪽의 바람만으로는 이어질 수 없는 가느다란 끈. 한 쪽이 놓아버리면 바람에 흩날리듯 허망하게 끝나버리는 것이 인연이다. 영원이라는 말로 스스로를 안심시키려 애썼을 뿐. 영원은 없다. 인연이 소중한 이유가 거기에 있다.

영원하지 않기에 불안정한 지금에 마음을 쏟아 부을 수 있다. 믿고 의지하고 함께 할 수 있지만 당연하게 여기지 않게 된다. 지나간 인연들은 나를 이루는 것이 되었다. 미워했던 사람까지 이해할 수 있게 되었다. 사람들이 준 모든 감정들을 품고 살아간다. 지나간 것들은 귀하게, 남아 있는 것들은 소중하게, 지금을 애틋하게 살아간다. 귀하게 여기되 집착하지 않는다. 소중하게 여기되 바라지 않는다. 지금을 사랑하되 붙잡으려 애쓰지 않는다.

지나간 인연들이 만들어준 삶을, 그저 살아간다. 누군가의 시간을 지나오며 줄 수 있었던 마음들이 있어 다행이다. 생은 아직 남아 있고, 마음은 마르지 않았다. 당신이 떠나며 알려준 것이 나의 생을 살아가라는 말임을 이제야 알겠다.

배웅

생각보다 형편없는 사람임을 깨달았다면 그럼에도 과분한 사랑을 받았음에 감사해야 한다. 생각보다 괜찮은 사람이라면 앞으로 더 멋진 사랑을 할 수 있으니 괜찮을 거다. 두려워할 것 없다. 자신을 과소평가하는 것이 겸손이 아니다. 스스로를 과대평가하는 게 자존감이 되지 않는다. 두려워했던 일의 대부분은 일어나지 않았다. 이미 일어나버린 것들은 어쩔 수 없는 일이다. 그래도 어떻게든 살아남았다.

이곳을 떠나기로 마음먹고 나니 자주 오가던 길도 한 번 더 걸어보고 싶어진다. 더 없이 소중하게 느껴진다. 수 없이 걸은 길도 이렇게 특별한데, 한 번도 살아본 적 없는 날들은 얼마나 기적 같을까. 생, 처음에서 맺음까지의 과정. 얼마나 멀리 갈 수 있는가, 얼마나 빨리 갈 수 있는가는 그리 중요한 일이 아닐지도 모른다. 자신에게 맞는 삶의 방식을 찾아내는 것이 본질이다.

어떤 이는 드림카를 타더라도 직접 운전해야 행복할 수 있고, 어떤 이는 누군가가 모는 차에 몸을 맡기고 흘러가야 안심한다. 어떤 이는 부대끼더라도 사람들 소리가 웅성거리는 버스에 타야 고독을 느끼지 않는다. 우리는 어디로 가고 있는가. 목적지는 정해져 있다. 목적지를 향해 어떤 방식으로 이동할지 결정해야만 한다. 옳은 선택에 대해 고민할 필요 없다. 스스로 내린 모든 선택이 옳다.

옳은 선택을 고르기보다 선택을 옳은 것으로 기르는 삶을 살아야 한다. 누구의 도움도 받지 않고 두 발로 가고 싶다. 실패를 털어낼 수 없다면 딛고 나아간다. 상실을 벗을 수 없다면 품고 나아간다. 무언가를 남기려 살지 않는다. 아무것도 남기지 않기 위해 산다. 아낌없이 살기 위해 거리낌 없이 나아간다. 누군가와 함께 걸을 수 없다면 자전거로 가고 싶다. 누구의 힘도 빌리지 않고 오로지 내가 먹은 음식을 연료삼아 달리고 싶다. 조금 쓸쓸해보여도 좋으니 스스로를 동력 삼아 내달리고 싶다.

오르막이 있으면 내리막이 나타날 것이다. 숨 막히는 여름을 지나면 가을이 온다. 자전거는 홀로 달릴 뿐이다. 무엇이 되지 않아도 좋다. 누구와 함께 할 수 없어도 괜찮다. 그저 멋진 풍경을 놓치지 않을 정도의 속도로 달리고 싶다. 왼쪽에서 오른쪽으로 문장이 이어지듯 펼쳐지는 근사한 풍경을 만끽하고 싶다. 두려워하지 않고 달려가고 싶다. 홀로 달려야 한다 해도, 빈곤한 삶을 살더라도 행복하게 살 수 있다는 사실을 증명하고 싶다. 끝내 실패해도 괜찮다. 시도하고 자신을 믿었다면 괜찮다.

사람은 소중한 이를 떠나보내면 필연적으로 성장한다. 두 팔 벌려 힘껏 안았다가 손을 흔들어 배웅해야 할 대상이 사람만은 아니라는 것을 깨닫는 순간 생은 짙어진다. 숨 막힐 정도로 농밀한 시간의 공기를 느끼게 된다. 상실을 언제든지 일어날 수 있는 사건이라고 생각하는 사람과 상실이 언제나 − 지금도 일어나는 현상이라고 느끼는 사람의 차이는 분명하다. 강물에 흔적을 남길 수 없다. 그러니 생에 점수를 매기려는 헛된 시도를 하지 않는다.

어떻게든 지금 가진 것으로 살아갈 수밖에 없다. 지금과 잘 지내기 위해서는 지금 가진 것들은 모두 사랑하는 것이어야 한다. 가진 돈으로 어떻게든 버텨야 할 때 장바구니에 필요한 것만 담듯이, 여행할 때 필요하지 않은 것을 모두 버리듯이. 맛있는 것만 찾는 게 미식가가 아니다. 지금 앞에 있는 것에서 맛을 찾아내는 게 진정한 미식의 길이다. 사는 일도 다르지 않다.

햇살의 정원

오후 3시. 손바닥 두 개를 합친 크기의 네모난 햇빛이 방에 든다. 조금씩 넓어지기 시작한다. 넓어지며 농밀함은 흩어진다. 다른 공간을 어둠처럼 느끼게 만드는 강력한 존재감은 희미해진다. 햇빛은 천천히 벽을 타고 오른다. 게으른 도마뱀처럼 느긋하게. 햇살의 정원은 서서히 좁아진다. 다시 손바닥 두 개 크기가 된다. 태양을 막은 건물 때문에 조금 일그러지다 사라진다. 원래 존재하지 않았던 것처럼, 깨끗하게, 인생처럼.

　빛이 여기 있었음을 알고 있다. 햇빛이 들어와 방바닥을 천천히 쓰다듬듯 움직이는 것을 지켜보았다. 온전하지는 않았다. 일을 하는 와중에 틈틈이 보았을 뿐이다. 잠든 아기를 살피는 것처럼 조심스럽게 구경했다. 낭비의 기준은 각자 다르다. 지금 내게 주어진 시간을 뜻대로 쓰지 못하는 것이 낭비라 여긴다. 필요하지 않은 것을 원하느라 마음을 쓰는 것을 낭비라 여긴다.

언젠가 아무것도 하지 않고 방 안에 앉아 햇빛이 움직이는 것을 지켜보고 싶다. 지금의 나로서는 상상하기 어렵지만 지금까지 변해온 과정을 보면 불가능한 것만은 아니리라. 생을 온전히 느끼는 몇 시간. 생을 느끼는 것 외에는 아무것도 하지 않는 오후는 분명 근사할 거다. 행복을 뜻하는 'happiness'와 일어나다를 뜻하는 'happen'의 어원이 같다는 사실과, 'present'가 현재와 선물이라는 뜻을 동시에 갖고 있는 것도 우연이 아니다. 햇빛과 happy라는 단어가 닮아 있는 것도 우연만은 아닐 거다.

오후 6시. 햇살의 정원은 사라졌지만 바깥은 여전히 밝다. 생에 많은 것이 끝나버렸지만 멋진 순간들은 아직 남아 있을 거다. 일몰을 보기 위해 공원에 오른다. 바람은 더할 나위 없이 상쾌하다. 물을 마시고, 가져온 책을 읽는다. 없으면 없는 대로 얼마든지 살 수 있다. 그러나 생에 내가 없는 것만은 견딜 수 없다. 더 이상 견뎌서는 안 된다. 바람은 쉼 없이 불어 책장을 넘긴다. 이렇게 넓은 공원에 사람은 나 혼자뿐. 새들이 지저귀고, 풀은 흔들린다. 공원 아래 도로로 차들은 오간다.

외롭다는 생각은 들지 않는다. 이렇게 멋진 풍경을 독차지하는 게 조금 아까울 뿐. 은행나무 아래 열 개 남짓한 벤치에 혼자 앉아 하나뿐인 태양이 멀어지는 것을 지켜본다. 무한을 이루는 단 하나의 일몰을 지켜본다. 누군가에게는 마지막이었을, 누군 가에게는 처음이었을 날이 저물어간다. 생은 끝내 사라지더라도 황금빛으로 부서지기를. 내려오는 길, 어제 본 태산목 꽃봉오리 가 활짝 열려 있다. 이토록 황홀한 향기라니. 조금 더 행복해졌 다. 세월의 향기를 놓치지 않는 사람만이 생의 기쁨을 향유할 수 있다.

사람은 마주보는 게 좋고, 풍경은 내려다보는 게 좋다. 반대 가 되면 답답해진다. 터무니없을 정도로 많은 시간이 주어졌음 에도 사람들은 만족하지 못한다. 내려다보면 조급한 발걸음에 나까지 불안해진다. 시간을 쓰기 위해 터무니없이 많은 일들을 생에 들여다 놓는다. 우리에게 필요한 건 충분한 시간이 아니라 충만한 순간인 것을 잊고 산다. 산이든 바다든 한 눈에 보이는 곳에 오르면 느낄 수 있다.

너무 넓은 집을 사기 위해 터무니없이 힘들게 일하고, 집을 청소한다. 먹지도 못할 음식을 잔뜩 산다. 생각할 가치도 없는 사람을 관계에 포함시키곤 피곤해 한다. 집에 낯선 사람을 들이 면 편히 잠들 수 없는 게 당연하듯이 낯선 것을 마음에 잔뜩 들 인 생이 편할 리 없다. 자연스럽게 어우러지는 것과 아무렇게나 뒤섞이는 것은 전혀 다른 일이다. 소리를 주는 것보다 고요를 선물하는 것이 어렵다. 말을 거는 것보다 침묵을 지키는 것이 어렵다. 무엇이 중요한지 알게 되면 생은 평온해진다.

불안을 남겨두지 않는다

기쁨을 만끽하지 못하는 것만큼 위험한 일은 충분히 슬퍼하지 못하는 것이다. 울어야 할 눈물을 모두 흘려보내지 못하면 영혼에 슬픔이 차 결국 상하게 된다. 감정을 억지로 잠그려다 마음이 터져버린다. 감정이 차오르는 것도, 흘러가는 것도 자연스러운 일이다. 슬픔이 흘러가게 내버려둔다. 슬픔이 아닌 감정들도 마찬가지다.

어제 하루 종일 불안했다. 어떻게 할 수 없는 상황에 어찌할 바를 몰랐다. 그대로 내버려 두었다. 그러나 나를 편안하게 만드는 행동을 포기하지 않았다. 산책을 하고, 일몰을 지켜보았다. 불안과 평안이 공존할 수 있게 했다. 불안이 제 할 일을 마치도록 허락했다. 한숨 푹 자고 일어나니 불안은 더 이상 남아 있지 않다. 불안이 남아 있다 해도 오늘의 행복을 흔들 만큼은 아니다.

하루 정도는 어두운 감정에 휩쓸려도 괜찮다. 마음껏 흔들고 부딪치도록 용납한다. 하지만 하루가 지나도 감정이 그대로라면 대부분의 경우 감정의 찌꺼기에 불과하다. 제대로 감정을 흘려보내지 않은 거다. 어정쩡하게 감정을 붙들고 있는 거다. 하루 종일 고민해도 조금도 나아지지 않는다면 감정이 나를 흔들고 있는 것이 아니라 저도 모르게 감정을 붙들고 있는 거다.

잡념을 감정으로 착각하지 않는다. 감각을 감정으로 착각하지 않는다. 손댈 수 없는 것은 손 쓸 필요 없는 것이다. 마음 줄 수 없는 것은 마음 줄 필요 없는 것이다. 말할 수 없는 것은 말할 필요 없는 것이다. 완벽에 대한 강박을 버린다. 완전에 대한 미련을 놓아 버린다. 바람이 지나가게 내버려 둔다. 어제를 흘려보내고 감정을 놓아준다. 불안한 하루를 보내고 새로운 하루를 맞이한다.

상황은 변하지 않았지만 마음은 바뀌었다. 하루 동안 생각해도 답이 나오지 않는다면 어쩔 수 없다. 세상을 바꿀 수는 없지만 스스로의 하루를 지속할 수는 있다. 아침 일찍 깨어 해변을 걷는다. 지난 주에 보았던 아이들이 오늘도 선생님의 지도에 따라 롤러블레이드를 배우고 있다. 익숙해지는 만큼 정겨워지는 풍경. 평소 운동을 하던 자리에 할머니 한 분이 가부좌를 틀고 명상을 하고 있다. 불교방송을 틀고 바닷바람을 맞으며 평화롭게 앉아 있다.

방해가 될까 다른 곳을 둘러보았으나 자리가 마땅치 않다. 평소처럼 노래를 틀지 않은 채 옆에서 조용히 운동을 시작한다. 할머니는 가만히 앉아 눈을 감은 채로, 나는 눈을 뜨고 땀 흘리며 바다를 향한다. 각자의 방식으로 명상을 계속한다. 공존하는 평화로움이 여기 있다. 까마귀가 날고, 바람이 분다. 가끔 어선과 요트가 먼 바다로 나간다.

집으로 돌아오는 길에 마트에 들러 과일과 과자를 산다. 오늘은 가족들이 놀러오는 날. 멜론을 잘라 통에 담고, 천도복숭아와 방울토마토를 씻는다. 나름대로 가족을 맞이할 준비를 한다. 10시에 출발한다던 누이는 12시가 다 되어서야 출발했다. 그 과정에서의 부산함이 눈에 선하다. 아이들을 씻기고, 옷을 입히는 모습이 빤히 보인다. 챙겨야 할 짐은 또 얼마나 많을까. 그러한 일상을 감당할 수 있을까 생각한다. 그렇게 살아간다면 행복할까 생각한다.

풍요롭고 따뜻하지만 자신의 시간이 없는 일상과 소박하고 자유롭지만 쓸쓸한 일상. 저마다의 즐거움이 있는 거겠지. 잃어버린 것에 대해서 넘칠 만큼 생각했으니까. 없는 것에 대해 생각한다고 바뀌는 것은 없다. 지금 있는 것으로 잘 살아내는 일만으로도 분주하다. 누군가를 부러워하기 시작하면 세상 사람 전부를 부러워해도 모자라지만, 자족은 한 사람을 채우는 걸로 충분하다.

묻다

나이 들면서 타인에게 묻는 일이 줄어든다. 질문하고, 추궁하고, 의심하는 일이 덧없게 느껴진다. 생의 본질적인 대답은 타인에게서 들을 수 없음을 알게 되었다. 설사 타인의 답이 진실이라 해도 내게는 적용될 수 없음을 알게 되었다. 현상에 대한 호기심을 잃은 것은 아니다. 조언을 구하는 겸손을 잊은 것도 아니다. 다만 진정 중요한 질문의 답은 타인에게 물어 알 수 있는 것이 아님을 깨달았을 뿐.

어리석은 부자父子의 이야기를 떠올린다. 당나귀를 끌고 가던 부자는 사람들의 말에 우왕좌왕한다. 멀쩡한 당나귀를 두고 그냥 걸어가는 것도 바보 같은 짓이다. 아들만 태우면 버릇이 없고, 아버지만 타면 아들이 불쌍하다고 말한다. 모두를 만족시킬 방법이 있을 리 없다. 이야기의 교훈은 타인의 말에 흔들리지 말라는 데 그치지 않는다. 핵심은 당나귀의 주인이 누구인가다.

스스로 판단하지 않으면 생의 주인이 될 수 없음을 자각하라는 말이다.

당나귀를 가져본 적도 없는 인간의 말 따위를 신경 쓸 필요 없다. 자신의 일에 충실하지 않은 사람만 훈수 둘 시간이 있다. 훈수는 악수가 된다. 본질에 집중해야 한다. 반전이 아닌 평화에 대해 이야기하자던 테레사 수녀의 말이 맞다. 타인의 말이 아닌 자신의 판단에 대해 생각해야 한다. 타인의 말에 흔들리지 않는 것보다 자신의 생각에 집중해야 한다.

자신감은 근거를 필요로 하지 않는다. 자존은 자연이다. 스스로 그러한 것이다. 자존감에 근거 따윈 필요하지 않다. 스스로 그리하기로 한 선택은 모두 옳다. 본질에 집중하면 두려움 안에 용기가 숨겨져 있음을 알게 된다. 낯선 것 뒤에 희망이 있음을 보게 된다. 과연 할 수 있을까 고민할 필요 없다. 어쩔 수 없을 땐 어떻게든 해보는 거다. 결국 나에게 물어야 한다.

시간이 걸리더라도, 시행착오를 겪더라도, 실수하고 헤매더라도 내게 물어야 한다. 될 수 있는 한 깊이 물어야 한다. 묻어두는 것은 피하기 위해서가 아니다. 씨를 뿌리는 일이다. 방치하되 잊지는 않는다. 책을 읽고 흐르는 강물을 보며 바람소리를 듣는다. 어느 날 꽃 한 송이가 핀다. 언젠가 뿌린 질문에 대한 첫 번째 대답, 다시 바람이 불고 꽃잎이 떨어진다. 다시 씨앗을 뿌린다. 마음 텃밭 여기저기에 푸르고 여린 것들이 자란다. 어떤 씨앗은 빗물에 쓸려가고, 어떤 씨앗은 썩어버린다. 슬퍼하지 않는다. 텃밭 빈 곳에 씨를 뿌린다. 텃밭은 언젠가 묻어놓은 질문에 대한 초록빛 대답으로 가득하다. 더러는 열매를 맺기도 한다. 열매를 다시 심는다. 세월과 함께 영혼이 자란다.

오늘도 누군가에게 묻지 않고 마음 텃밭에 질문 하나를 묻는다. 타인에게 열매를 구하는 것보다 스스로 씨앗을 심는 편이 영혼을 풍요롭게 만든다. 스스로에게 묻고 기다린다. 기다림에 얼마나 놀라운 힘이 깃들어 있는지 알고 있다. 사람과의 대화는 관계를 깊게 하고, 세월과의 대화는 영혼을 깊게 만든다.

질문은 답을 구하는 과정임이면서 동시에 스스로의 관점을 확립하는 과정이기도 하다. 세상에 지혜를 구할 기회는 얼마든지 있다. 지금까지 쌓아온 가치관과 다르다고 해서 무시해버려서는 안 된다. 누군가에게는 개犬소리에 불과한 이야기가 누군가에겐 눈을 뜨게 하는 개開소리가 되기도 한다. 지혜는 끊임없이 쌓아올리는 축적이 아니라 계속해서 찾는 여정이다. 생을 붙들 끈을 엮는 일이다.

마음 공부는 언제나 지금부터다. 질문하는 한 공부는 계속된다. 사람이라면 누구나 자신의 언어를 갖고 있으나 지혜로운 자는 자신만의 마음사전을 만든다. 마음사전을 채울수록 삶은 풍요로워진다. 끝없이 대화해야 한다. 타인과의 대화는 물론 세계와 이야기해야 한다. 자신과의 대화를 포기하지 않아야 한다. 질문을 포기하지 않는 한 영혼은 결코 노쇠하지 않는다. 질문의 힘을 믿어야 한다. 단순한 답을 나열한다고 생이 될 수 없다. 내가 어디에 있는지, 나는 누구인지, 무엇을 원하는지 끊임없이 질문하는 일이 그를 인간으로 만든다.

검색을 통해 찾아낸 것은 답이 아니다. 사색을 통해 질문을 이어가는 것이 인간의 정체성을 이룬다. 답은 멈춤이고, 질문은 전진이다. 답은 고정되어 있고, 질문은 움직인다. 답은 죽어 있고, 질문은 살아 있다. 생에 정답은 없다. 살아 있는 자에게 완벽한 답은 없다. 잘 살고 있는 걸까 질문할 수 있는 것만으로도 생은 증명된다. 영혼이 살아 있는 사람은 질문을 멈추지 않는다. 기억은 지금까지의 나를 이룬다. 질문은 지금부터의 나를 만든다. 질문은 변화를 이끌어낸다. 번잡한 세상에서 영혼을 분실하지 않기 위해 질문해야 한다.

어릴 적 찾아낸 답은 세월에 의해 희미해진다. 그러나 질문은 해가 거듭될수록 분명해진다. 결국 답 같은 건 없다. 행복을 위한 해답도, 관계를 편하게 만들 편리한 답도 없다. 계속해서 자신에게 물어야 한다. 지금 나를 행복하게 해줄 선택이 무엇인지 묻고 또 묻는다. 처음 가본 도시에서 길을 묻듯이, 처음 살아보는 시간에 길을 묻는다. 세상에서 찾아낼 수 있는 가장 귀한 것. 자기 자신을 찾기 위한 황금의 시간.

핑계대지 않는다

돈이 없어서가 아니라 용기가 부족한 거다. 시간이 없어서가 아니라 간절하지 않은 거다. 돈이 없는 것은 부끄러운 일이 아니다. 시간이 없을 수도 있다. 용기 따위 내지 않고 살아도 아무 상관없다. 간절하지 않아도 사는데 아무 지장 없다. 문제는 핑계대려는 마음이다.

변명하지 않아도 괜찮다. 변명할 만큼 형편없이 살아오지 않았다. 훌륭한 사람 따위 되지 않아도 괜찮다. 여기까지 온 것만으로도 대단한 일이다. 자존감은 낮은 곳을 바라본다고 생기지 않는다. 높은 곳을 바라보며 자괴감을 가질 필요도 없다. 자존감은 스스로 그러한 것을 인정할 때 생겨난다. 자연스럽게 있는 그대로의 자신을 바라볼 수 있어야 한다.

자존감은 자신의 존재를 온전히 받아들일 때 유지된다. 그러니 누군가가 이룬 성취 때문에 지금껏 멋지게 버텨온 생을 모독하지 말자. 누구의 평가로도 자신의 삶을 재단하지 말자. 남들에게 좋은 사람으로 보이려고 피곤하게 살지 말자. 누군가에게 나쁘게 보여도 어쩔 수 없다. 좋고 나쁨 따위 신경 쓰지 말고 그냥 자신의 생을 살자.

살아 있는 한 늦은 때란 없고, 살아가는 한 그릇된 길도 없다.

말을 아껴 쓰는 일

우리가 경험하고 사유한 것들이 마음을 이룬다. 마음이 바깥을 향해 확장하는 것을 말이라 부른다. 말은 던지는 것이 아니라 심는 것이다. 소리는 일회성이지만 울림은 영구적이다. 마구 던지는 말들은 언어의 형태는 지녔으나, 언어의 기능을 내포하고 있지는 않다.

말은 마음에 뿌리를 내리고 있다. 따라서 말이 오염되면 마음까지 썩어 버리고 만다. 말씨라는 단어는 말을 할 때 씨를 뿌리는 것처럼 해야 한다는 의미를 내포하고 있다. 적절한 때를 기다려야 하고, 알맞은 자리를 찾아야 한다. 날씨를 살피듯 듣는 이의 낯빛을 살펴야 한다.

말씀은 존경할 만한 어른이나 신의 율법을 이르지만 내게는 '말 씀씀이'의 약어로 들린다. 어쩌면 우리가 하는 말의 총량에는 제약이 없을지 몰라도 우리의 말 중 쓸 수 있는 말은 한정되어 있음을 뜻하는지도 모른다. 아무리 떠들어도 정작 타인에게 드는 말의 총량은 정해져 있다. 말이 많으면 쓸 말이 적은 이치다.

말에는 에너지가 있다. 말에는 생명력이 있다. 우리가 가진 에너지는 유한하며, 생명력을 담아낼 수 있는 말의 수량은 정해져 있다. 생명이 깃들지 않은 말은 공허하다. 아무것도 들어있지 않기에 듣는 이에게 아무것도 전할 수 없다. 그러면서도 말하는 이와 듣는 이의 에너지를 소모시킨다. 이러한 말은 유해하다.

벼를 베어낸 들판이 겨울을 나며 생명력을 비축하듯이 말을 아끼며 침묵을 비축해야 한다. 몸 안에 충분한 침묵의 시간을 깃들게 해야 한다. 때로 침묵보다 완전한 문장은 없음을 알아야 한다. 인간이 평생 먹고 마시는 음식의 양에 한계가 있듯이 일생 동안 듣고 말할 수 있는 양도 유한하다.

겨울을 견뎌야 봄이 오듯 침묵을 감당해야 말에 힘이 깃든다. 옛 농부들은 종자 다루기를 자식 대하듯 귀히 여겼다. 사람이 침묵의 순간을 견디지 못하고 말의 씨를 함부로 소모한다면 그는 자신의 생을 망치게 된다. 여기저기서 주워들은 말들을 제 것인 양 쓸 수밖에 없게 될 것이다.

말은 마음에 뿌리를 내리고 있다.

말을 아끼라는 것은 타인이 내게 주는 생명이 담긴 말들을 소중히 여기라는 뜻이다. 타인에게 줄 수 있는 말이 유한함을 알고 부디 아껴 쓰라는 당부다. 적당한 거리를 두고 씨앗을 뿌리지 않으면 어떤 씨앗도 제대로 자라지 못한다. 서로 공간을 다투다 시들어 버린다.

말로 말을 덮을 수는 있어도 생명을 기를 수는 없다. 말은 행동으로 기른다. 농부가 씨앗을 뿌리고 한 해 동안 보살펴 길러내는 것처럼 말은 손과 발로 길러야 한다. 행동이 받쳐주지 않은 말은 쉽게 무너진다. 단순한 한마디라도 일관된 행동이 뒷받침 된다면 끝내 숲을 이룬다.

  말을 행동으로 삼으려 들지 말고 행동과 말이 너불어 살게 해 야 한다. 말을 잘하는 사람이 넘쳐나고, 재미있게 말하는 사람 도 많은 시대다. 서로 경쟁이라도 하듯 말을 쏟아낸다. 그럼에 도 불구하고 말로 일어난 사람을 찾기는 어렵다. 하지만 말 한마 디로 무너진 사람을 보는 것은 쉬운 것은 왜일까.

  수천 마디의 말과 수만 번의 발걸음. 무수한 땀과 고통의 대 가로 얻은 것을 한마디 말로 잃을 수 있음을 기억해야 한다. 나 의 말을 왜곡하고 변질시킬 준비가 된 사람들은 얼마든지 있음 을 잊지 말아야 한다. 말을 나눌 때는 자신의 생명을 나누듯 해 야 한다.

다시 혼잣말을 하다

문득 혼잣말을 하고 자신이 이렇게 외로운 사람이었나, 삶이란 이렇게 고독한 것인가 슬퍼하거나 쓸쓸해하지 않았으면 한다. 언제 이렇게 내 말을 들어줄 시간이 있었는지 감사했으면 한다. 좀 더 분명한 목소리로 자신에게 따뜻한 이야기를 해줬으면 좋겠다.

혼자인 것도 나쁘지 않다. 혼잣말은 제법 괜찮은 소통수단이다. 어느 때보다 선명하게 마음의 목소리를 들을 수 있는 소중한 순간이다. 외로움에 저항하는 힘이 깃드는 순간이다. 고독을 받아들이는 순간 영혼에 지혜가 담긴다. 고독을 외면하지 않는다.

고독을 일상의 일부로 받아들이되 풍경으로 만들어 갇히지는 않는다. 자유로움과 여유로움 사이로 난 길을 느긋하게 걸어갈 뿐이다. 그래도 쓸쓸해 보인다면 어쩔 수 없다. 어떻게 보일지 신경 쓰며 살아갈 필요 없다. 약간의 고독을 두려워하지 않으면 상대에 맞춰 자신을 포기하지 않아도 된다. 현실에 맞추기 위해 꿈을 버리지 않아도 된다. 꿈에 맞춰 현실을 바꿀 수 있게 된다.

미소가 사라져도 미소를 지을 때 그어진 선은 남아 있다. 더 이상 웃을 일 없게 되어버린 생일지라도 나를 미소 짓게 한 무수한 선들은 영혼에 새겨져 있다. 사람이 사라져도 그가 준 온기는 남는다. 더 이상 안아줄 사람이 없는 삶일지라도 사랑하는 이가 주었던 온기는 식지 않는다. 말은 사라져도 울림은 사라지지 않는다.

혼잣말 외에는 할 말이 없는 고독한 일상일지라도 진심이 담긴 울림은 사라지지 않는다. 울림은 심장이 뛰는 동안 지속된다. 인연이 잠들어도 마음은 살아 움직인다. 소중한 것은 달아나지 않는다. 소중한 것은 누구도 빼앗을 수 없다. 설령 자기 자신일지라도 스스로에게 새겨진 삶의 흔적을 지울 수는 없다. 영혼에 담긴 것은 훔쳐갈 수 없다.

소중한 것은 사라지지 않는다. 사라져간 것들이 생에 두고 간 것들, 사랑했던 이들이 남기고 간 것들은 인간의 영혼에 새겨져 있다. 생이 끝나는 순간 가져갈 것이 있다면 그것뿐이다. 생이

고독을 풍경으로 만들어 갇히지 않는다.

의미를 갖게 하는 것도 그것뿐이다. 끝의 순간 아무것도 가져갈 수 없다 해도 괜찮다. 사랑하는 사람들에게 미소를 남기고 갈 수 있다면 그것도 나쁘지 않다.

생각에 중독되지 않기로 한다

눈물이 나지 않을 만큼 슬픈 사람들. 웃음이 울음처럼 들리는 사람들. 망가졌는데도 어디가 부서진 건지 알 수 없는 사람들. 외로움에 길들여진 사람들. 일상에 중독된 사람들. 안전한 모험을 원하는 사람들. 어딘가를 아직 찾지 못했을 뿐이라고 말하지만 무언가에 쫓기는 사람들. 그런 사람들 사이에 갇혀 버렸다. 스스로 벽이 되고 담이 되어 미로 속에 갇혀 버렸다.

너무 많은 생각이 문제를 불러오는지, 아니면 문제가 복잡하기 때문에 생각하는지 알 수 없을 때는 눈을 감는다. 바람을 느낀다. 숨을 내쉬고, 들이쉰다. 눈을 감았을 때도 두려운 생각을 멈출 수 없다면 생각이 문제를 불러들이는 거다. 눈을 떴을 때 무엇을 생각해야 할지 알 수 없다면 생각이 문제를 일으키는 거다. 얼마나 많이 생각하는지는 중요하지 않다.

복잡한 건 생각이지 감정이 아니다.

오래 생각한다고 더 나은 답을 찾게 되지 않는다. 깊이 생각하면 그만큼 위험해진다. 빠져 나가기 위해 필요한 것은 두 가지뿐이다. 무엇을 생각해야 할지 아는 지혜와 생각 스위치를 켜고 끌 수 있는 힘이다. 화재가 발생하면 직접적으로 불에 노출되어 사망하는 경우보다 연기를 들이마시고 사망하는 경우가 압도적으로 많다. 생에 고비를 맞이했을 때 사람을 극단으로 몰고 가는 것은 사건 자체가 아닌 사건에 대한 나쁜 생각이다. 최악을 상상하며 끌어들인 생각이 그를 질식시킨다.

입을 가리고 몸을 낮춰 빠져나오는 것 외에는 생각하지 않아야 한다. 생각은 나중에라도 얼마든지 할 수 있다. 최악의 상황에서는 최악의 생각밖에 할 수 없다. 태풍도 마찬가지다. 바람은 사람을 죽일 수 없다. 아무렇게나 놓아둔 물건들이 바람에 날아다니다 인명을 해친다. 마음을 죽이는 일도 다르지 않다. 극한 상황에서는 안전한 장소를 찾아 그 장소에서 나오지 않아야 한다. 강이 범람하기 전 도망쳐야 한다.

평생을 일궈온 터전이라도 인생을 포기할 만큼 소중하지 않다. 우리 생에 재해가 닥쳐올 때 해야 할 일은 자신을 지키는 것뿐이다. 생각에 중독되지 않기로 한다. 감정과 생각을 분리하기로 한다. 미묘한 기분이 들거나 애매한 감정에 휩싸일 수는 있다. 그러나 복잡한 감정은 없다. 복잡한 건 생각이지 감정이 아니다. 감정은 양면적일 수 있어도 몇 가지 혹은 수십 가지의 감정이 동시에 밀려오는 경우는 없다. 밀려드는 건 감정이 아닌 잡념이다.

잡념을 감정으로 오해하지 않는다. 잡음 때문에 순수한 감정을 놓치지 않는다. 슬픔은 슬픔이고 기쁨은 기쁨일 뿐, 감정은 애매모호하지 않다. 온전한 삶은 잡념을 마음에 들이지 않는 데서 시작된다.

희망이 되다

희망 따윈 남아 있지 않다는 사실을 받아들이면 영혼은 스스로 빛나기 시작한다. 어떻게 되어도 상관없다는 체념과 어떻게든 해보겠다는 집념 사이에 어둠을 이겨낼 용기가 자란다. 희망이 남아 있지 않다면 희망이 되겠다. 생 자체를 등불 삼아 살아가겠다.

스스로 희망이 되기로 한 사람의 의지를 꺼트릴 수 있는 바람은 세상 어디에도 없다. 한 점도 남아 있지 않은 가능성 따위 나와 상관없는 일이다. 이미 놓쳐버린 기회에 대해 생각해봐야 소용없는 일이다. 무언가를 처음부터 다시 시작하는 일은 힘겹지만 그것 외에는 방법이 남아 있지 않으니 어쩔 수 없다.

지겹다고 생각한 길이 생각보다 나쁘지 않음을 느끼게 된다. 다시 태어난다는 것은 완전히 불이 꺼진 곳에서 새로운 불을 일으키는 일이다. 머릿속에서 무수한 성공을 경험하는 것보다 몸으로 한 번이라도 처절한 실패를 경험하는 편이 훨씬 많은 것을 배울 수 있다.

언제나 바깥에 있는 거라 믿었던 불빛이 내 안에서도 피어날 수 있음을 알게 된다. 알을 깨고 나온다는 구태의연한 표현이 살아남은 것은 문장 안에 진실한 힘이 담겨 있기 때문이다. 자신의 세계가 부서지지 않은 사람은 알 수 없는 특별한 힘이 깨어짐 안에 있다. 깨져야 깨닫게 된다. 희망은 어디에나 있다는 말의 의미를 이제야 알겠다.

인간이라면 누구나 스스로 희망이 될 수 있다. 스스로 희망이 된 자는 어디로든 갈 수 있다. 그러니 세상 어디에나 희망은 존재한다. 살아 있는 한 희망은 있다. 누군가를 사랑이라 부르는 것을 부끄러워하지 않았듯 스스로를 희망으로 삼는 일을 부끄러워하지 않는다.

내일로 보내는 편지

차 두 대는 있어야 옮길 수 있을 것 같던 이삿짐이 차곡차곡 쌓으니 차 한 대에 얼마든지 들어간다. 이렇게 옮기는 것은 쉬워도 다시 정리하는 데는 시간이 걸린다. 마음도 마찬가지다. 바닥에 그대로 두면 발 디딜 틈도 없던 공간이 행거 하나로 말끔히 정리된다. 약간의 공간을 확보하는 것. 단순하게 생각하되 일차원적으로 생각하지 않을 것, 공간이 부족하면 높아지면 되는 것을.

베란다를 정리하고 물을 뿌려 청소한다. 베란다 옆 좁은 창고 안에 들어있던 물건들, 화분용 물뿌리개, 낡은 우산 두 개, 청소 도구 같은 것들을 내다버렸다. 먼지 앉은 물뿌리개를 보며 이제는 추억 속에만 존재하는 54개의 화분들을 떠올린다. 로메인 상추, 애플 민트, 딸기, 바질과 페퍼민트. 비에 흠뻑 젖어 웃으며 화분을 가져다준 녀석들의 뿌듯해 하던 얼굴을 생각한다. 함께 마트에 가 자줏빛 물뿌리개를 골라준 아이의 분홍빛 웃음을 생각한다.

화분들은 수명이 다하거나 겨울을 견디지 못하고 하나씩 죽어 갔다. 물뿌리개는 쓸 일이 없어져 창고 한 구석에서 먼지를 덮어 쓰고 있었다. 그러나 그들이 준 순수한 호의와 다정한 손길은 여전히 가슴 속에 남아 있다. 화분이 하나씩 말라죽어갈 때 나쁜 감정들도 말라 없어졌다. 매일 화분에 물을 주며 마주한 초록빛은 마음을 적셨다.

이곳에서의 시간. 연인을 따라 올라와 보낸 청춘의 조각들. 철없던 남자는 중년이 되어 통영으로 돌아간다. 사랑을 잃었고, 청춘을 잃었다. 그러나 후회하지 않는다. 누군가와 아름다운 날을 함께 했다. 생을 함께 할 누군가를 잃었지만 남은 생에 해야 할 무언가를 찾았다. 통영으로 돌아가 살림을 정리하며 새롭게 시작하는 동안 이곳에서 쓴 책이 출간될 것이다. 책을 받아들면 진주에서 보낸 편지를 받은 기분이 들겠지. 지난날 내가 오늘의 내게 보낸 편지.

부처의 말처럼 어제 생각한 결과가 오늘이라면 오늘을 사는 것은 내일에게 편지를 쓰는 일이다. 특별한 무언가가 필요하지는 않다. 내일의 나를 위해 산딸기 한 팩을 사두는 것, 내일의

누군가와 아름다운 날을 함께 했다.

나를 위해 책 한 권을 준비해두는 것, 내일의 나를 위해 바디클렌저를 사는 것. 사소한 선물로 충분하다.

모든 날이 즐겁지는 않았다. 하지만 이곳으로 온 것을 후회하지 않는다. 이곳에서 떠나는 것을 두려워하지 않는다. 제자리로 돌아가는 것에 불과하면 어떤가. 먼 길을 헤매고도 돌아갈 수 있어 다행이다. 좀 변했으면 어떤가. 나 같은 사람조차 변하게 만들어준 근사한 여행이었는데…

아쉬움은 그리움이 되었다. 그리움은 외로움이 되었다. 외로움은 고독에 가 닿았다. 고독은 침묵으로 채워진다. 인간은 침묵 속에서 끝내 자신을 찾게 된다. 영영 볼 수 없게 되어버린 사람이나 다시 만나지 못할 풍경 같은 것들. 눈앞에서 사라져야 마음에 녹아드는 것들이 있다. 그래서 잃어버릴 수 없게 된 것들이 있다. 따뜻한 채로 멈춘 것들 덕분에 그래도 앞으로 나아가게 된다.

생이 머무는 장소가 상실의 순간이 아닌 눈부신 시절임을 깨닫는 날이 있다. 생을 결정하는 것은 사건이 아닌 그때까지 쌓인 시간임을 알게 되는 날이 있다. 지금 이대로 죽어도 좋을 충만함과 하루라도 생을 이어가고 싶은 애절함이 만나는 날이 있다. 무수한 계절을 보낸 곳. 청춘과 사랑, 아픔과 상실이 공존하는 장소. 이곳에 돌아올 일은 없을 거다. 익숙한 이곳에서 여름을 보내는 일도 없을 거다. 익숙한 곳이 낯설어지고 그만큼 낯선 곳은 정겨워질 거다.

생의 아름다움은 청춘이 끝나고 난 후에야 시작되는데 청춘이 끝나면 좋은 날은 모두 지나가 버렸다고 생각했다. 사랑했던 사람이 떠났다고 삶을 사랑할 수 없게 되는 것은 아니었다. 여기에 청춘을 두고 가는 것이 아니라 추억을 들고 가는 것이다.

제2장

행복이라도 짊어지지 않는다

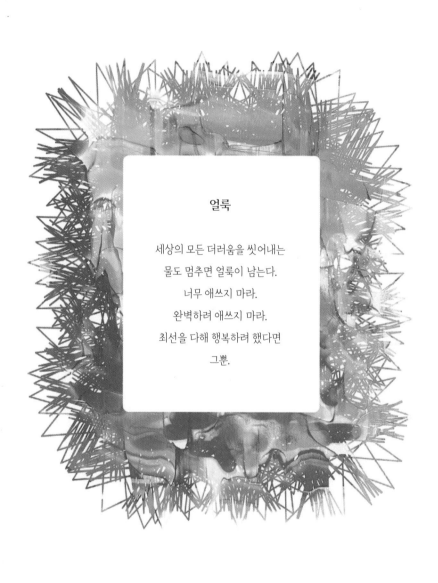

얼룩

세상의 모든 더러움을 씻어내는
물도 멈추면 얼룩이 남는다.
너무 애쓰지 마라.
완벽하려 애쓰지 마라.
최선을 다해 행복하려 했다면
그뿐.

레몬 꽃이 핀 식탁에서

도도하지 않은 노란 빛깔이 정겹다. 싱그러운 생명의 향기가 좋다. 레몬은 열매보다 오히려 꽃에 가깝다. 레몬은 사과나 수박처럼 와구와구 씹어 먹을 수 없다. 레몬을 그대로 먹는 경우는 드물다. 레몬은 대개 요리에 데커레이션이나 해산물 요리의 풍미를 더하는 용도로 사용한다.

레몬을 싸게 팔기에 한 팩을 사왔다. 레몬을 굵은 소금으로 박박 문지를 때부터 상큼한 향이 스며든다. 데킬라 한 잔 마시고 싶어진다. 씻은 레몬을 식초에 담가둔다. 반으로 자르고 수제착즙기에 레몬을 눌러 짠다. 레몬을 자른 순간부터 봉숭아 꽃물이 들듯 손에 노란 향기가 물든다. 사이다와 레몬시럽 얼음을 넣어 젓는다. 반으로 자른 레몬 껍질을 버리기 미안해 창가에 놓아두었다.

병아리처럼 종종 모여 앉은 레몬을 바라보며 나누어준 생명을 감사히 마신다. 레몬으로 몸의 허기는 달랠 수 없으나 마음의 허기를 달랠 수 있다. 살아 있는 것을 먹어 생명을 지속하는 거룩한 순간. 한여름의 오후. 지금 어디에선가 레몬에이드를 마시고 있을 누군가를 생각한다. 새벽 세 시 무렵일 칠레의 레몬 농장을 떠올린다. 태양이 떠오르길 기다리고 있을 레몬나무를 생각한다.

무언가를 먹을 때 감사한 마음을 갖고 안 갖고는 개인의 선택이다. 하지만 비싸고 귀한 재료를 준비하지 않아도 감사와 상상만 있다면 식탁은 언제나 풍요롭다. 충북 청주시 청원구 내수읍 청암로에서 생산된 우리 쌀과 호주에서 들여온 귀리를 섞어 밥을 짓는다. 강원도에서 재배된 알배기 배추를 싸게 사와 어머니가 만들어 준 강된장에 먹는다. 하루 세 끼, 소박하지만 숭고한 밥상을 마주한다.

냉장고에 식재료가 가득 차 있어도 감사가 마음에 없다면 생명을 온전히 받아들여 생을 건강하게 만들 수 없을 것이다. 나의 식탁에 고기와 국이 오르거나 값비싼 재료가 오르는 날은 드물어도 감사와 상상이 오르지 않은 날은 한 번도 없다. 먹지 않아도 배부른 적은 없었지만 먹으며 마음까지 채우지 못한 적도 없

레몬을 자른 순간 손에 노란 향기가 물든다.

었다. 오늘도 살아 있던 것을 거룩한 식탁에 올려 생을 잇는다.

나는 매일 지구의 한 조각을 먹고 세계의 일부인 채 잠든다. 이러한 기적에도 놀라지 않는다면 세상에 감사할 일이란 없을 것이다.

주변인으로 산다

타인의 시선에 맞추는 삶을 살았다. 맞추기 위해 시간에 매달려야 했다. 스스로 생을 시달리게 만들었다. 계단의 수를 헤아리느라 계절을 느끼지 못한다면 무언가 잘못된 것임을 알지 못했다. 지난날을 정리하고 싶어 태어난 날부터 의미 있다 생각되는 사건들을 모조리 적은 적이 있다. 불과 몇 장 되지 않는 종이의 무게는 가볍고, 마음은 공허했다. 몇 십 년의 생이 이렇게 가벼울 수 있을까.

생이 사건의 나열이 아닌 순간의 집합임을 몰랐다. 생은 학교를 졸업하고 군대를 다녀와서 결혼하고 두 아이를 낳았다는 식으로 정리되는 것이 아니었다. 생은 줄거리가 아니라 장면이었다. 생은 요약이 아니라 묘사였다. 요약해서 허무하지 않을 인생이 어디 있을까.

작은 것들의 소중함은 눈여겨보는 것에서 비롯한다. 눈여겨본 것들을 온전히 담을 때 장면은 추억이 된다. 단 하루가 주어져도 마지막 날처럼 산다면 귀하지 않은 순간이 어디 있을까. 아마 들이마시는 숨결마다 거룩할 거다.

스스로의 권리를 위해 싸우지 않으면 자신을 포기하는 삶을 살게 된다. 각오하고 한 걸음 내딛으면 두려움은 용기의 그림자에 불과하다. 관심 받는 걸 원하는 쪽에서 관심을 줄 수 있는 쪽으로 방향을 수정했다. 사진 찍히길 바라는 쪽에서 찍는 쪽으로 성장했다. 타인의 삶을 읽는 쪽에서 자신의 생을 쓰는 쪽으로 변했다. 보이려 하는 몸짓보다 보려 하는 눈짓이 자연스러움을 알게 되었다.

시너지는 누군가와 함께 해야만 얻을 수 있는 것은 아니다. 몸과 마음이 함께 한다면 충분하다. 주인공이 되고 싶은 욕망을 버리면 자유로워진다. 관찰자가 되면 안온해진다. 집착하지 않고 내려놓으면 평화를 얻을 수 있다. 민감하되 예민하지 않을 수 있음을, 감성적이되 감정적이지 않을 수 있음을, 단순해도 깊이 있게 살 수 있음을 세상의 주변에 서고야 알았다.

머리맡의 달

새벽 네 시. 머리맡에 달을 두고 눕는다. 오른쪽 벽지무늬를 따라 푸른 강물이 흐른다. 강물 위에 가을이 떠돈다. 이내 푸르스름한 고요는 황금빛 황홀로 빛난다.

하루 안에도 네 개의 계절이 있었구나. 해가 피어나는 황홀한 봄, 생명의 기운 가득한 여름, 해가 지며 붉은 잎 휘날리는 가을, 평화로운 침묵의 겨울까지. 하루를 일 년처럼. 일 년을 하루처럼 살아야 하는구나. 열두 시간이 일 년의 열두 달과 다를 바 없다. 열두 달이 차면 일 년이고, 저마다의 띠를 갖는 것에는 이유가 있었다.

그래서 아침은 고양이처럼 오는 거였다. 정오는 말처럼 힘차고, 밤만 되면 돼지처럼 배가 고파지더라. 하루 안에 일 년은 물론 찰나에서 영겁까지 들어 있다. 깨달음을 얻어 성인聖人이 되

머리맡에 달을 두고 눕는다.
푸르스름한 고요는 황금빛 황홀로 빛난다.
하루 안에 일 년은 물론 찰나에서 영겁까지 들어 있다.

진 못하더라도 깨달음을 구하는 일을 게을리 하지 않으면 그래도 조금씩 성인成人에는 가까워질 수 있을 테지. 개별적이면서도 통합된 삶을 살려 한다.

무수한 날들이 모두 나였음을 이제 알겠다. 세상에 쓸모없는 존재가 없듯이 생에는 의미 없는 날들이 없었다. 저마다의 날들은 각자의 당위를 갖고 존재한다. 모든 존재가 각자 오롯하면서도 관계 맺으며 세상을 이루듯 순간들이 모여 생을 이룬다. 깨닫기 전에는 수십 년 된 하나의 삶이 있었다. 하나뿐인 삶은 단지 낡아갈 뿐이었다. 깨달은 후에는 날마다 새로운 생을 시작한다.

매일 아침 지난 생을 기억한 채 깨어난다. 매일 밤 하나의 생이 닫힌다. 생각하지 않아도 알 수 있다. 말하지 않아도 느낄 수 있다. 오늘의 할 일은 오늘을 사는 것뿐이다. 오늘은 늘 생의 첫날이며 마지막 날이다. 매일 처음 만나는 세상에 놀라고 마지막으로 보는 세상이 절실하다. 이토록 사소한 풍경의 소중함. 이토록 가벼운 순간의 황홀함.

이미 가졌던 것이다

스스로 자랑스러워하기에는 낯간지러운 나이, 자신을 사랑스러워하기에는 조금 늦은 나이. 그러니 자랑스러운 사람이 되기 위해 애쓰지 않는다. 사랑스러운 사람이 되지 못한다고 번민하지 않는다. 너무 늦었기 때문이 아니라 스스로를 이해하는 것만으로도 충분하다는 것을 알게 되었기 때문이다.

청춘을 부러워하지 않는다. 충분히 머물렀던 곳이다. 지금 머물러 있는 사람들도 결국 떠나게 될 장소다. 청춘은 내가 머물렀던 곳 중 가장 아름다운 장소였지만 가장 빛나는 장소는 아니다. 지금 영혼이 머무르는 곳, 매순간 새로운 시간에 어우러진 나를 마주하는 이곳에 빛이 있다.

생이 빛나지 않게 되는 것은 단지 나이를 먹었기 때문이 아니라 영혼이 이곳에 있지 않기 때문이다. 돌아갈 수 없는 어제나 확정되지 않은 내일에 영혼이 머무는 한 지금은 빛날 수 없다.

청춘은 젊은이들에게 주기에 너무 아까운 거란 말에 찬성하지 않는다. 지금 우리에게 청춘이 주어지면 아까워 빌빌 떠느라 아무것도 하지 못하지 않을까. 청춘은 아낌없이 펑펑 써대는 거다. 쓸모없어 보이는 일에 시간을 소모하고, 사소한 일에 목숨을 건다. 의미 없는 일에 열정을 불사를 수 있는 용기가 청춘이다. 시간을 충분히 가진 이들만이 누릴 수 있는 특권이다.

그러나 이미 가졌던 것이다. 지나간 날들을 아쉬워하며 시간을 보낸다면 현명하지 못한 일이다. 지금 우리에게 남아 있는 의무에 집중해야 한다. 자신과 자신이 소중하게 여기는 것을 위해, 넉넉하지 않을 시간을 지혜롭게 사용할 의무가 우리에게 있다.

생은 청춘에서 멀어질수록 가치를 더해간다. 오늘의 몸값은 매일 치솟는다. 그러니 오늘을 어떻게 쓸 것인가 판단하는 일은 갈수록 소중해진다. 청춘을 지불하고 얻은 생을 어떻게 살아갈 것인가. 오래된 날들을 그리워하며 시간을 보낼 것인가, 아니면 그만큼 새로운 풍경을 마주하게 되었음에 감사하며 생을 누릴 것인가.

생이 빛나지 않게 되는 것은 단지 나이를 먹었기 때문이 아니라
영혼이 이곳에 있지 않기 때문이다.

　남은 시간이 많지 않아도 슬퍼할 일이 아니다. 줄어든 만큼 희소성을 갖게 된다. 이것밖에 남지 않았다고 여기며 낭비하기에 남은 시간의 가치가 너무 크다. 세상을 맞서야 할 대상으로 여기지 않게 되는 순간 생은 평화로워진다. 스스로를 개선해야 할 존재로 인식하지 않으면 평온해진다. 고작 그것으로 충분하다. 유일무이한 존재가 누릴 수 있는 광대한 세계가 눈앞에 펼쳐져 있다.

배려는 거리감이다

피서 겸 가족끼리 계곡에 가서 김밥과 샌드위치를 나누어 먹고 맥주를 마셨다. 바위에 앉아 발을 담근 채 조카들이 물놀이를 하거나 도마뱀이나 작은 물고기를 찾으며 노는 모습을 지켜본다. 하늘은 시릴 정도로 맑고, 계곡 물도 깨끗하다.

부산에서 통영으로 내려오는 길. 오랜만에 엄마와 같은 버스를 탔다. 서로 따로 앉아 통영으로 왔다. 엄마와 다퉜거나 사이가 좋지 않은가 하면 전혀 그렇지 않다. 둘이서 손잡고 데이트도 하고 자주 시간을 함께 보내는 다정한 모자지간이다.

엄마는 버스 맨 앞좌석을 선호한다. 혼자 앉지 않으면 불편해한다. 같이 붙어 앉아서 같은 곳을 향해야만 가까운 사이는 아니다. 좁은 좌석에 붙어 앉아 왔다면 어땠을까. 엄마는 편히 노래를 들으며 풍경을 볼 수 없었을 테고, 나는 책 한 장 넘기지 못하고 어서 도착하기만 기다렸을 거다. 서로가 각자의 공간을 인정하기에 오히려 더 가깝게 지낼 수 있다. 각자의 생활이 없으면 지친다.

함께 조금 늦은 점심을 먹고 각자의 집으로 향했다. 무조건 붙어 있으려 하면 서로를 지치게 만든다. 연인이나 가족, 친구도 마찬가지다. 이십사 시간, 일 년 내내 붙어 있으면 관계를 지치게 만든다. 관계의 가까움은 거리로 증명되지 않는다. 마음을 맞추는 일은 시험문제 정답을 찾아내는 것과는 달라서 상대의 감정을 알아채는 것만으로는 충분하지 않고, 각자 마음의 크기를 맞춰가는 것으로 끝나지 않는다.

마음을 맞추는 것은 둘 사이의 적절한 거리를 찾아내는 일이다. 배려는 불편함을 감수하는 일이 아니다. 배려는 서로 적절한 거리를 묻는 것으로 시작해서 적절한 거리를 존중하는 것으로 끝난다. 서로를 편안하게 만들지 못한다면 배려가 아닌 희생에 불과하다. 기꺼이 받아들일 수 없다면 거부할 수 있어야 건강한 관계다. 균형을 잃은 관계는 멀리 가지 못한다. 오래 가더라도 어느 한 쪽을 망가뜨리고 만다.

공원에서

다섯 살 조카를 안아 올리면 새의 날개처럼 여린 겨드랑이, 가
느다란 갈비뼈 사이로 울려 퍼지는 웃음소리, 이토록 작고 여린
것 안에 가득 들어찬 생명의 무게감. 나는 보았으나 아이가 보지
못한 세상, 조카는 보게 될 테지만 그때는 내가 없을 풍경. 나의
세상과 그의 풍경이 교차하는 기적의 순간. 이 아이도 언젠가 수
염이 거뭇해지고 가슴이 실팍해질 테지. 첫 면도를 하고 남자가
되었다며 뿌듯해 할 테지. 사랑을 하고 이별도 할 테지. 어떤 삶
을 살아도 좋으니 다정한 남자가 되어라. 스스로 책임질 수 있는
어른이 되어라. 네게 주어진 삶을 아낌없이 즐겨라. 이와 같은
나의 말도 신경 쓰지 말고 네가 살고 싶은 삶을 살아라.

일곱 살 조카가 만날 때마다 건네는 작은 선물들. 색종이로 접
은 꽃, 애니메이션 스티커, 크레파스로 그려준 그림들을 소중히
모아두었다. 내게 주었다는 사실도 까맣게 잊어버린 채로 새로

운 그림을 건넨다. 그래 그렇게 계속 그림을 그려나가면 된단다. 종이에 그리는 그림은 잘해도 좋고, 못해도 괜찮단다. 생의 아름다운 것들을 마음껏 보고 즐기며 살아라. 마음이 따뜻한 연인을 만나고 또 추억을 쌓으며 살아가라. 삶의 그림을 끊임없이 그려라. 그림은 모아둘 수 있지만 기쁨은 모여드는 것이다. 계속해서 생을 그려내는 자에게 기쁨은 모여들어 지저귀는 것이다.

견디기 힘든 고통, 지울 수 없는 상처는 있을지라도 삶을 놓을 만큼 후회스러운 일은 없단다. 삶을 놓는 것보다 후회할 만한 일은 없단다. 무수한 후회를 뒤에 남기며 너희들 앞에 놓인 생을 살아가렴. 그 모든 것들이 너희 생의 이야기가 될 테니. 인생을 살면서 당연한 것은 없단다. 그리고 생을 살아가는 것만큼 자연스러운 것도 없단다.

당신이 바라던 바다

삼 일 동안 조카들은 숙취처럼 내 곁을 떠나지 않았다. 다리 위에 올라앉거나 팔에 매달리거나 등 위에 드러누웠다. 아이들과 공원에 가고, 놀이터에 간다. 매번 규칙이 달라지는 카드놀이를 함께 한다. '삼촌, 일로 와요'란 말을 질리게 듣는다. 누이는 오빠가 오니 편하다 했고, 어머니는 아이들 말을 일일이 들어주지 않아도 괜찮으니 적당히 무시하라고 하셨지만 '적당히'가 내게는 가장 어렵다.

누이가 조카들을 재울 때까지 안테나는 아이들을 향해 있다. 어머니가 발라준 생선과 부침개를 먹고, 누이가 만들어준 버터 오징어와 볶음밥을 먹는다. 맥주와 소주를 마신다. 틈 날 때마다 화투를 치고 패를 나누며 이야기를 나눈다. 설거지를 하고 있을 때와 화장실에 있을 때가 그나마 고요한 시간이다. 아이들이 있는 집에는 소리가 끊이지 않는다.

아이들의 부드러운 몸은 사랑스럽고, 그들의 웃음은 활력소다. 다만 나이든 삼촌의 체력이 그들에 미치지 못할 뿐이다. 비타민을 과다 섭취한 것 같다. 제 아무리 생명의 물질이라도 소화시킬 시간이 필요하다. 더 있다 가라는 누이의 권유를 뒤로 하고 집을 나선다. 떠나는 날 아침이면 조카들은 저희들끼리 논다. 일부러 모른 체 하며 서운함을 숨긴다.

자전거에 올라타 푸른 가을하늘 아래를 달린다. 온 몸이 숙취에 흐늘거린다. 넉넉한 낙동강의 허리춤을 움켜쥐고 버틴다. 시외버스 짐칸에 자전거를 실은 뒤 숨을 고른다. 커튼을 걷고 눈부신 햇살 아래의 풍경과 마주한다. 노란 물이 들기 시작한 논과 시즌이 끝난 워터파크를 지나친다. 쥐라기 식물원에서 대체 어떤 식물을 기르는 걸까 상상하다 보니 어느새 통영.

어떤 여자의 캐리어를 내려주고, 늦은 점심을 먹을 곳을 찾는다. 평소 가던 식당이 모두 휴무라 국숫집 하나를 겨우 찾아 시원한 국수 한 그릇을 들이킨다. 해안도로로 나오니 익숙한 바다가 보인다. 나를 기다려온 바다가 여기 있다. 고요하고 거대한 침묵이 나를 안아준다.

집으로 돌아와 빨래를 돌리고, 마트에 가 복숭아와 바나나를

산다. 밥을 지어 먹는다. 마음껏 책을 읽고, 정적 속에서 가족과
함께 한 행복을 소화시킨다. 적어도 보름치는 될 행복을 느긋하
게 만끽한다. 독서와 고독, 불면과 고요가 뒤섞여 있다. 이것이
나의 생이다. 이곳이 나의 바다다.

당신이 바라던 바다도 당신 안에 있다. 때로 행복은 고요함으
로 소화시켜야 한다. 아무리 목소리가 고파도 텔레비전 소리에
머리를 파묻지는 말자. 어차피 나를 향해 말해지지 않는 소리로
마음의 허기를 달랠 수 없다. 조금 고독해져도 좋다. 나를 향한
소리가 없다면 나를 위한 소리를 만들어내면 된다. 단련과 휴식
을 반복해서 체력을 기르듯 때로는 행복에도 휴식이 필요하다.

2인용 침대를 버리다

자전거를 타고 나서면 아파트 후문의 내리막길. 드문드문 시멘트가 패여 있는 대학교 남문의 오르막길. 오르막을 오르면 대학 교정의 푸른 나무들과 짙은 그늘, 젊음으로 빛나는 대학생들의 말소리와 움직임. 첫 번째 신호등 맞은편 중화요리점, 다시 긴 오르막을 오르면 오른쪽에 펼쳐지는 남강의 물결, 물비늘은 반짝이고 백로는 강물에 발을 씻는다.

집을 옮길 날이 다음 주로 다가오니 익숙한 풍경들도 새롭다. 끝을 생각해야 새로워지는 것이 풍경만은 아닐 테지. 움직이는 풍경과 움직이지 않는 풍경들, 청춘을 바친 일터가 낯선 장소가 될 거다. 살아갈 풍경이라 여겼던 사람이 낯선 사람이 되었다. 움직이지만 변하지 않는 풍경, 강물이나 바람 같은 것들.

바람은 늘 불어오지만 한 번도 같은 바람은 없었다. 강은 한

결같지만 늘 새로운 흐름이었다. 움직이지만 변하는 풍경이었다. 생은 변하는 것과 변하지 않는 것으로 나눌 수 없는 것이었다. 2인용 침대에 폐기물 스티커를 붙이고, 작은 선반 두 개를 밍치로 부숴 폐기물 마대에 담는다. 일상을 유지하던 풍경을 스스로 허문다. 함께 체온을 나누던 사람이 사라졌다. 그가 없는 침대에서 잠들었다. 꽤 오랫동안 부재마저도 그의 형태를 띠고 있었다.

이제 2인용 침대를 버린다. 새로운 곳으로 가 낯선 집에서 삶을 쌓아 올리려 한다. 지난날들이 실패라고 생각하지 않는다. 상처는 흉터가 된다. 흉터는 이야기가 되어 지금껏 걸어온 길을 설명한다. 흉터는 아픔의 기록이면서 동시에 회복의 기억이다. 흉터는 치유의 힘이 깃들어 있음을 상기시킨다. 결코 사라지지 않을 이야기 하나가 남았다. 낯선 풍경 속으로 들어가 새로운 이야기를 써 나갈 것이다.

생각 없이 물건을 사들이다 보면 집이 좁아지는 것처럼, 그렇게 헛된 희망을 쌓아놓고 살았다. 제때 치우지 않고 방치하고 살면 누울 장소가 없어지는 것처럼 근심을 정리하지 않은 채 지냈다. 그때 내게 필요한 것은 운명적 구원이 아니라 단순한 정리가 아니었을까, 그런 생각이 들었다.

어차피 너무 돈이 많아 다 쓰지 못할까봐 걱정할 일은 없다. 너무 많은 사람의 관심에 당황할 필요도 없다. 주어진 모든 시간을 아낌없이 펑펑 쓰고 싶다. 마음에 쌓아두지 않고 살다 갈 수 있다면 충분하다. 나와 행복 사이를 가로막은 것은 미룸이었다. 스스로 놓은 걸림돌을 피하느라 오늘을 살지 못했다. 무엇이 두려웠을까. 돌아보면 무수한 하루의 무덤들. 용기를 내었다면 먼 길을 돌아오지 않았을 거다.

아무것도 이루지 못해도 괜찮으니 하루의 이름을 지으며 살아야 한다. 노력한 만큼 성과를 얻지 못해도 재능이 모자라다 생각하지 않을 거다. 그 전에 진정 원하는 것이 무엇인지 자신에게 물어볼 거다. 능력은 원하는 것을 갖는 방식이 아니라 간절히 무언가를 원하는 힘이다. 내가 갖고 싶은 리미티드 에디션은 물건이 아닌 시간. 한정판인 오늘을 삶에 들이는 일이다.

4인용 식탁

바다를 따라 걷는다. 그늘을 찾는다. 내죽도 수변공원에 설치된 공연장 그늘 아래에서 운동을 시작한다. 정면에는 햇살에 반짝이는 바다. 왼쪽에는 보랏빛 수국의 축제. 어린이집에서 소풍 온 아이들. 아이들 사이로 날리는 비눗방울. 바닷바람은 끝없이 불어오고, 파도가 평화롭게 일렁인다. 비눗방울처럼 사라질 생이면 어떤가. 이렇게 반짝이는데, 이렇게 향기로운데…

면사무소에 가 전입신고를 한다. 전입사유를 자연환경이라 표시한다. 이름은 익숙하지만 낯설어진 거리를 걷는다. 주변 은행을 살피고 관공서가 어디인지 본다. 한 번도 가보지 않은 가게에 들어가 새로운 음식을 먹는다. 걸어본 적 없는 길을 걷는다. 한 번도 살아본 적 없는 매일을 담으며 살아갈 것이다. 은행에 들렀다가 집으로 돌아온다. 창문을 여니 도서관이 보인다. 도서관에 오르니 바다가 보인다.

도서관이 보이는 집, 바다가 보이는 도서관. 이것만으로도 돌아올 이유로 충분하다. 먼저 철봉을 조립한다. 통영에서 첫 빨래를 돌리고, 보리차를 끓여 식힌다. 청소를 시작한다. 새롭게 삶을 쌓아올린다. 부족하지만 정성스럽게. 살림은 삶에 형태를 부여하는 행위다. 손을 움직이는 만큼 일상은 다정해진다. 발을 움직이는 만큼 풍경은 친근해진다.

누이가 주문해준 4인용 식탁이 도착했다. 나이도 적지 않은 오빠가 대충 방바닥에 주저앉아 밥을 먹는 것이 마음에 걸렸나 보다. 먹는 것 따위야 아무려면 어때 생각하며 살았다. 먹는 것은 연료를 채우는 일이었다. 세상 어디에도 나를 위한 식탁은 없었다. 아무것도 없는 것에 익숙해져 아무렇지 않았다.

일상적인 일이라 해서 그것이 곧 생활이 되지는 않는다는 사실을 몰랐다. 살림을 바로 세우는 일이 곧 삶이 되는 원리를 알지 못했다. 식탁 포장을 벗기는 게 오래된 습관을 뜯어내는 일처럼 느껴졌다. 식탁을 조립하는 것이 삶을 재정비하는 일처럼 느껴졌다. 식탁이 자리 잡으니 생은 안정적인 무게감을 획득했다.

식탁 하나가 생겼다고 생이 본질적으로 변하진 않겠지. 하지만 생활은 조금씩 균형을 잡을 것이다. 식탁에 앉아 밥을 먹게 될 거다. 좀 더 자주 요리를 해먹게 될 거다. 식탁에 앉아 작업을 하게 될 거다. 생활이 자리 잡은 공간에서 쓰이는 이야기들은 좀 더 진실된 울림을 갖게 될 기다. 때로는 누군가가 찾아와 함께 밥을 먹거나 술을 마시기도 할 거다.

세상에 나를 위한 식탁 하나가 생겼다. 생은 보다 거룩해졌다. 누구와 먹든지, 무엇을 놓고 먹든지 간에 식탁 하나를 소유한 사람은 자신을 위한 공간을 갖고 있다. 살아 있던 것들을 먹어 생을 이어갈 수 있다. 모든 식탁이 풍요로울 수는 없다 해도 저마다의 식탁이 평화롭기를. 작은 나사를 4개씩 작은 봉투에 나눠 담은 중국 어딘가의 공원工具도, 의자에 비닐을 칭칭 감은 직원도, 매끈한 다크올리브색 상판을 만든 어딘가의 목공도, 비를 맞으며 상자를 가져다준 택배원의 식탁도 모두 평화롭기를. 무엇보다 누이의 식탁이 행복하기를 바란다.

간단히 저녁을 먹고 일몰을 보러 나간다. 직장에 다닐 때는 상상도 할 수 없던 느긋한 시간. 꿈을 꾸는 듯하다. 꿈꾸는 대로 살아보기로 결정했다. 살고 싶은 곳에서 살고, 하고 싶은 일을 하며 살아가는 일은 허황된 꿈이 아니다. 타인에 의한 욕심을 버리고, 자신의 욕망을 쥐고 걸어가는 모두가 꿈에 닿게 된다. 꽃

을 들여다보는 마음마다 생이 피어난다. 일몰을 기다리는 마음
에 달이 차오른다.

4층과 2층 사이

이사 온 지 일주일. 일상이 자리 잡기 시작한다. 조금 일찍 해가 뜨고 오래 머문다. 바다에서 해가 떠오르고, 산 너머로 해가 진다. 삶 속에 볕이 좀 더 들어온 덕분에 일상은 조금 밝아졌다. 산에서 바람이 내려오고, 바다에서 바람이 밀려온다. 열어둔 창문으로 불어오는 바람만으로도 하루치 선물은 충분하다.

알람이 울리기 전에 잠에서 깬다. 삼 분이면 해안도로가, 십 분쯤 걸어가면 작은 수변공원이 나온다. 그늘 아래에서 한 시간쯤 유산소 운동을 하고 돌아온다. 우유 한 잔을 마시며 바나나를 천천히 씹어 삼킨다. 집안일을 하며 근력운동을 한다. 운동을 마치고 4인용 식탁에 앉아 밤부터 모은 글을 노트북에 옮긴다.

창 밖에는 도서관과 야트막한 산이 보인다. 도서관에서 보일 바다 풍경은 가슴 안에 있다. 오후 2시쯤 되면 두어 가지 반찬으로 간단하게 첫 끼를 먹는다. 책을 읽거나 글을 쓰는 것 외에는 거의 아무것도 하지 않고, 누구도 만나지 않는다. 팔자 좋은 인생이네, 그렇게 느낄 수도 있다. 하지만 이러한 삶을 선택하기 위해 얼마나 많은 고민을 했는지 모른다.

지금 생활에 불안이 없는 것도 아니다. 다만 스스로 선택한 삶을 살고 있다. 그것만은 틀림없다. 지금까지 이토록 충만한 날들을 살아본 적이 없다. 어떻게 살아야 좋을지 결정했고, 어떻게든 책임지며 살아갈 것을 안다. 하고 싶은 일을 하기 위해 소박한 일상을 영위해 나갈 것이다.

넓은 집에 살지 않아도 좋다. 드넓은 바다가 보이는 곳에 살수 있다면 괜찮다. 글을 쓰기 위해 다른 일을 해야 하더라도 괜찮다. 돈을 벌기 위한 투 잡은 사람을 피폐하게 만들지만, 꿈을 위한 투 잡은 생을 행복하게 할 것을 안다. 스스로의 하루를 결정하는 것부터 시작해야 한다. 한 번쯤 해보고 싶은 것을 시도했을 때 대체로 좋았다. 시간에 쫓겨 결정하지 않으면 언제나 좋았다.

기다림이 길다고 즐거운 것은 아니었다. 항상 만족스러운 결과는 아니었지만 돌이켜 보면 아무것도 하지 않고 후회하는 것보다 하고 아파하는 편이 나았음을 안다. 한 번뿐인 생을 특별하게 만드는 것은 생각을 행동으로 전환하는 한순간이다. 어떤 하루를 살지 결정하고 그대로 살아내는 것, 그곳에서 일생을 선택한 대로 사는 힘이 길러진다. 일상을 여행하며 살아갈 것이다. 일상에서 벗어나지 않고, 일상 속으로 들어가 나와 마주할 것이다.

좁은 베란다 밖으로 보이는 풍경. 낮에는 햇살에 뒤덮인 풀숲이 선명하다. 조명을 켜지 않은 집에서 빛나는 여름을 바라본다. 밤이 오면 바깥은 순수한 어둠뿐이다. 순수한 어둠 안에 모든 것이 있다. 누군가 서 있어도 알 수 없지만, 누구의 모습이라도 담을 수 있는 적막하고 자유로운 공간.

전에 살던 집은 4층이었다. 동향이었던 집에는 아침마다 하루 치의 햇볕이 쏟아져 내렸다. 모기나 파리 같은 것은 전혀 없었다. 창 밖으로는 성냥갑처럼 똑같은 모양의 아파트 단지가 보였다. 밤이 깊어지면 하나둘씩 꺼져가는 불빛들을 바라보곤 했다. 어떤 날도 모든 불빛이 꺼지는 날은 없었다. 4층에서나 2층에서나 고독하기는 마찬가지다. 가끔 허공에 손을 내밀면 고독을 만질 수 있다.

더 이상 고독이 고통스럽지 않다. 육체가 허기를 느끼는 것이 몸이 생존을 욕망하는 증거인 것처럼 영혼의 허기를 느끼는 것은 마음이 생을 갈구하고 있음을 증명한다. 고통을 느끼는 것이 생존의 대가인 것처럼 고독을 느끼는 것은 살아 있음의 증거다. 고독에서 벗어나기 위해 애쓰지 않기로 했다. 살아 있기에 느낄 수 있는 생의 일부로 받아들였다.

고독은 존재에 뿌리내리고 있어 뽑아내거나 없앨 수 없다. 고독의 종류는 세상에 존재하는 사람 수만큼 다양하다. 그 중 어떤 고독을 선택할 것인지 정도는 결정할 수 있다. 몇 년 전까지 고독은 고통스럽기만 한 이름 없는 독이었다. 하지만 이제 고독은 독립적인 영혼의 울림이 되었다.

누군가를 사랑하거나 미워하는 일에도 애쓰지 않기로 했다. 관계가 존재를 잊게 만들어서는 안 된다. 사랑은 애를 쓴다고 붙잡을 수 있는 것이 아니며, 밀어낸다고 거부할 수 있는 것도 아니었다. 증오한다고 해서 아픔이 사라지는 것도 아니었다. 아직 내게 남은 것들을 사랑하기에도 남아 있는 날이 길지 않다.

관계는 존재와 존재 사이를 잇는 다리로써 기능해야 한다. 관계는 소유가 아닌 교류여야 한다. 관계는 부분에서 전부로 향하는 출발점이지 부분으로 전체를 통제하는 경계선이 되어서는 곤란하다. 증오나 분노만 붙들고 있기에는 세상에 아름다운 것이 너무 많다. 하루 안에도 낮에는 반짝반짝 빛나는 세상을 바라보는 기쁨이, 밤에는 깊고 고요한 어둠을 느끼는 즐거움이 있다.

아무것도 남아 있지 않다, 이보다 허망한 말이 없다. 아무것도 남아 있지 않다면 아무것도 느낄 수 없다. 상실을 느낄 수 있다면 아직 본질적인 것을 잃지 않았다는 것이다. 아무것도 남아 있지 않은 상태라면 자신을 고통스럽게 만들 것이 아무것도 남아 있지 않아야 한다.

생을 벼리는 빛

통영 날씨는 대체로 온화하다. 열대야 소식이 들려도 신경 쓸 필요가 없다. 혹한주의보가 내려도 대체로 견딜 만한 정도다. 추위를 타지 않는 대신 더위를 많이 타는 편인데 7월 말까지 에어컨을 켠 것은 딱 두 번, 손님이 왔을 때뿐이다. 통영 날씨는 늘 이랬다. 전국에 눈이 온다 해도 겨울비가 내리는 게 고작이었다. 스무 살이 될 때까지 눈사람을 만들어본 건 단 한 번. 마당에 있는 눈을 모두 끌어 모아도 한 뼘 크기가 고작이었다. 오후가 되니 그마저 모두 녹아버렸지만. 군 생활을 하지 않았다면 부산에 사는 일곱 살 난 조카보다 눈을 본 일이 적었으리라.

통영 기후가 온화한 것은 바다가 있기 때문이다. 바다는 기온을 일정하게 유지시키듯 마음도 평온하게 만든다. 미워하던 사람들이 있었다. 미워하는 일은 생각보다 많은 에너지를 필요로 한다. 누군가를 미워하고 있기에 마음은 바빴고 좋지 않은 일들이 생겼다. 시간이 흐르며 미워하는 사람들의 수는 줄어들었고, 결국 마지막에 한 사람이 남았다. 통영으로 와 미워하지 않게 된 것인지, 아니면 미워하지 않을 준비가 되었기에 통영에 내려올 생각을 한 것인지는 분명치 않다. 마음이 평화를 갈구하고 있었던 것만은 확실하다.

사랑하는 사람의 목록이 많아진다고 행복의 총량이 늘어나진 않지만 미워하는 사람의 목록이 줄어들수록 행복의 질이 개선되는 건 분명하다. 마지막까지 미워하던 한 사람의 이름을 버렸을 때 생은 마침내 평화를 되찾았다. 이해할 수 없는 것을 사랑할 수 있었듯이 더 이상 사랑할 수 없는 것을 이해하는 것도 가능한 일이었다.

그토록 오래 미워한 것은 그만큼 믿음이 깊은 탓이었다. 그는 내가 받기에 과분할 정도의 애정을 주었다. 내가 준 믿음과 애정에 집착한 것은 어린 마음 때문이었다. 그에게 미안한 짓을 했다. 그렇게 되어버릴 수밖에 없었던 거다. 그는 현명했기에 모진 말과 행동을 해서라도 끝내야 한다는 걸 나보다 먼저 알아챘을 뿐이다. 차가운 말과 잔인한 행동들을 떨쳐내는데 오랜 시간이 걸렸다. 말과 행동을 떨쳐내고 나니 비로소 그와의 추억만 남았다.

미워하다.

미안하다.

한 글자 사이에 전쟁과 평화만큼의 간격이 존재한다. 마지막 미움을 놓아버리고 난 후 새로운 생이 시작되었다. 어느 때보다 평화로운 세상을 자유롭게 살게 되었다. 너를 미워해서 미안하다. 통영은 안개라 부를지 비라고 해야 할지 모를 것으로 젖어들고 있다. 부디 너의 남은 날들이 행복하기를 바란다.

마음을 다한 인연이 멀어져도 슬퍼하지 않는 것은 줄 수 있는 전부를 주었기 때문이다. 우리의 멀어짐을 아파한 것은 미처 주지 못한 마음이 있었기 때문이다. 물건을 떼어내면 쓰레기가 될 뿐이지만 마음을 떼어내면 추억이 된다. 쓸모를 다한 물건은 버려지지만 수명을 다한 애정은 생을 벼리는 빛이 된다.

오월의 소풍

5월 중순에 불과한데 여름 날씨다. 어제 서울 기온이 30℃였고, 전주는 33℃까지 올라갔다. 그늘을 찾아 운동을 시작한다. 집 아래쪽으로 조금 내려가면 텃밭이 있다. 텃밭에는 파와 상추가 자라고, 텃밭 맞은편에 숲이 있다. 숲이 드리워준 그림자 아래에서 땀을 흘린다.

이따금 바람에 아카시아 꽃이 비가 되어 흩날린다. 꿀벌들은 파꽃에 고개를 파묻고 즐거워한다. 몇 송이 피지 않았던 개양귀비꽃이 이틀 새 무더기로 피었다. 붉은 꽃마다 햇살을 한 잔씩 담고 흔들린다. 바람에 툭 하고 꽃 한 송이 떨어진다.

대학교 남문 쪽으로 학생들이 오간다. 자전거를 타거나 전동 킥보드를 타고, 혼자서 그리고 무리를 지어 오간다. 그들의 걸음은 매시 30분에서 40분 사이에는 느긋하고, 40분에서 50분 사이에는 조급하다. 점심시간이면 학생들이 우르르 쏟아져 나온 다. 지나가던 학생들은 나를 흘긋 쳐다보며 지나간다. 때로 여 학생 무리라도 지나가면 괜히 쑥스럽지만 그래도 부끄러운 일을 하는 건 아니니까. 무심한 척 하던 움직임을 계속한다.

나와 상관없는 사람들이다. 말 한 번 섞을 일 없는 사람들이 다. 시선을 즐기지는 못하더라도 신경 쓰지 않을 수는 있다. 상 관없는 사람들을 신경 쓰느라 위축될 필요는 없다. 다시 안 볼 상관없는 사람들을 신경 쓰는 일은 이제 지긋지긋하다. 다시 못 볼 오늘을 흘려보내지 않을 거다. 지하철이나 공원, 학교 어디 라도 마찬가지다. 나를 신경 쓰지 않는 사람들에게 잘 보이려 애 쓰는 대신 세상의 아름다운 것들을 신경 쓰려 한다. 다시 못 볼 사람을 대하듯 애틋하게 오늘을 살아가는 것만으로도 제법 분주 하다. 사람들의 시선에 산만해져서 오늘에 집중하지 못하는 일 은 없을 거다.

5월은 그저 흐드러지게 장미가 피는 계절인 줄 알았는데 장미 보다 선명한 양귀비가 피어나는 것을 알게 되었다. 5월은 그저 봄이 끝나는 아쉬움만 남는 줄 알았는데 무성한 신록 아래 여전 히 온갖 꽃들이 피어난다. 봄의 절정이 지나고 나면 찬란한 여름 이 올 거다. 무더운 만큼 뜨겁게 빛날 여름이 기다려진다. 능소화가 핀 곳에서 코스모스가 흔들리는 곳까지 가을의 길이 열릴 거다. 겨울에는 동백이 필 거다. 봄이 간다고 꽃이 피지 않는 것은 아니었다. 삶을 이어갈수록 더해지는 작은 지혜들이 고맙다.

살아갈수록 삶의 총량은 줄어든다. 영혼의 뒤편에 놓인 삶은 늘어난다. 아직 갖지 못한 것을 내 것이라 말할 수 있을까. 지금의 삶은 지금까지의 시간이 쌓여 이루어낸 것이다. 잃어버린 것은 없다. 지나온 날들은 내 안에서 빛나고 있다. 지나간 날들은 내 뒤를 지키고 서 있다. 살아갈수록 세상의 아름다움을 알게 된다. 나이 들수록 삶은 고귀해진다. 허영이라도 좋다. 그림자라도 좋다. 황홀한 한바탕 꿈이라도 좋다. 오늘도 개양귀비꽃이 핀 꿈길을 걷는다. 천상병 시인이 생을 소풍이라 부른 이유를 이제야 알 것 같다.

라이프 투어리스트 Life Tourists

오이가 싸고 싱싱해 나도 모르게 집어왔다. 오이 하나를 우적우적 씹어 먹고 남은 오이로 소박이를 만든다. 끓인 소금물에 오이를 담가두고 마늘을 사러간다. 깐 마늘은 다진 마늘 절반 가격에 양은 두 배다. 물건은 사람의 손길이 간 만큼 가격이 더해진다. 마찬가지로 일상에 손길이 더해지는 만큼 삶의 가치는 올라간다. 마늘을 씻어 갈고 액젓과 고춧가루, 매실청을 넣어 양념장을 만든다. 오이를 버무려 냉장고에 넣고 나니 삶은 조금 더 풍요로워졌다. 집을 정리하고 산책을 시작한다.

산책은 세상에서 가장 효율적인 여행이다. 우유를 사러 가건 공과금을 내러 가건 볼일이라 생각하기보다 산책할 기회라 여긴다. 항상 오가는 길에서도 날씨와 계절이 변하는 것을 볼 수 있고, 다른 길로 가면 새로운 풍경을 보는 기쁨이 있다. 그래도 아무 목적이 없는 산책이 가장 즐겁다. 집을 나서면 정면에는 도서관. 도서관은 초록에 둘러싸인 채 바다를 내려다본다. 왼쪽으로 가면 해안도로, 오른쪽이 원문마을. 오늘은 오른쪽으로 걸어본다.

　궁전 지붕의 어린이집 앞에는 무궁화가 무성하다. 아이 두 명이 그네를 타고 논다. 마당에 수국이 흐드러지게 핀 사무실과 해바라기 세 송이가 피어있는 빌라를 지난다. 덤프트럭 몇 대가 서 있는 주차장. 주차장 옆에는 고추와 옥수수가 심어져 있다. 원문고개로 오르는 길에는 닭장이 하나 있고, 참새들이 들어가 모이를 쪼아 먹는다. 키보다 높게 자란 옥수수와 주먹크기만한 호박들을 보며 걷는다.

　텃밭이 넓어 마치 집들도 텃밭에서 자라난 작물 같다. 마당이 없는 집이 없고, 마당에 나무가 심겨져 있지 않은 집이 없다. 빨간 꽃을 피운 석류나무와 노란 비파나무 열매 사이를 걷는다. 집 바깥에 대충 널어놓은 빨래 아래로 화분과 장독대들. 내가 살고 싶은 풍경 사이를 걷는 호사스러움을 만끽한다. 어떤 집에 사느냐보다 중요한 것은 어떤 풍경 속에 사느냐. 주위에서 아름다움을 발견할 준비가 되어 있어야 한다.

　고개에 오르면 차들이 쌩쌩 달리는 도로. 신호등을 하나 건너면 바다가 반겨준다. 샛길로 내려가면 무전동. 오늘도 새로운 길

하나를 알았다. 한 쪽 길은 다음 즐거움을 위해 남겨둔다. 다른 쪽 길로 발걸음을 돌려 올라가 본다. 동원중학교와 동원고등학교가 나온다. 올라가는 길에 가로수 아래 옹기종기 모여 앉은 송엽국, 보랏빛 참싸리, 노란 금계국, 요염한 기생초와 마주친다.

집으로 돌아오는 길에 원문생활공원에 들른다. 공원으로 올라가며 충혼탑과 3.1기념비, 해병대 통영상륙작전기념관, 해병대 통영지구전적비, 월남참전기념탑을 지난다. 이곳에서 만세운동을 부르고 전쟁을 치렀던 사람들을 생각한다. 사람이 사라져도 남아 있는 장소에 대해 생각한다. 기념되며 남아 있는 것들과 사라진 것들을 생각한다.

공원에 오르면 통영 바다가 한눈에 들어온다. 벤치에 앉아 잠시 바다를 본다. 먼 옛날 사람들이 살기 전부터 불어왔을 바람. 바람의 한 자락에 기대어 잠시 쉰다. 주변 사람들을 살피는 것만큼 자신 주변의 풍경을 느낄 시간이 필요하다. 시간은 온전히 자신을 보살피는 순간이 된다. 멈춰야 보이는 것도 있지만 걸어가야 만날 수 있는 것도 있다.

산책은 돈은 들지 않는데 건강이 들어오는 일이다. 걷는 동안 평화로운 풍경이 차곡차곡 쌓인다. 바람에 마음의 근심은 씻겨

나간다. 오르막과 내리막의 풍경이 다르다. 내려오는 길에는 매끈한 잎 속에 숨어있던 태산목 꽃봉오리를 발견했다. 한 입 베어 물면 달콤한 배즙이 뿜어져 나올 것처럼 탐스럽다. 풍경에 취해 노래를 듣는 것도 잊고 걸었다.

산책은 어린 시절 잃어버린 공터를 찾아 나서는 길이다. 마음에 쉼터 하나를 짓는 일이다. 걸은 만큼 넓은 정원을 가질 수 있다. 바라본 만큼 넓은 마당을 가질 수 있다. 내 것이어야만 행복할 수 있는 것은 아니다. 내 것이 아닌 것까지 즐길 수 있는 사람은 두 배는 근사한 삶을 산다.

산책은 생을 여행으로 이끈다. 일상에서 벗어나는 해방감만큼 일상을 사랑하는 충만감도 귀하다. 생이 여행임을 깨달은 사람은 라이프 투어리스트^{life tourists}가 된다. 밤바람을 맞으며 걷는다. 혼자라서 좋다. 내키는 대로 걷고, 질리면 돌아온다.

지금 내게 없는 것에 대해 생각한다고 달라지는 것은 없다. 불행해지는 일만 남게 된다. 행복은 어떤 특정한 상태를 말하지 않는다. 행복해지려면 어떤 상태에서도 즐거움을 찾아낼 수 있는 능력이 필요하다.

달아공원에 가다

어제 못했으면 오늘 하면 된다. 오늘 이루지 못했다면 내일 이룰 것이다. 조급해할 필요 없다. 이루지 못했다 자책할 필요 없다. 어제 걸었던 길을 따라 버스를 타고 일몰을 보러 간다. 매일 보는 풍경이라고 같은 풍경이던가. 어제의 일몰과 오늘의 일몰은 개별적이다. 속도가 다르고 날씨가 다르다. 어제는 홀로 걸었으나 오늘은 다른 승객들과 함께 간다.

다른 것들을 인식하는 나 역시 어제와 다른 존재다. 달라지는 것은 변화의 가운데에 있음이고, 변하는 것은 모두 살아 있다. 살아 있는 것은 모두 반짝인다. 반짝이는 것은 모두 아름답다. 두 시간 삼십 분을 걸어 도착했던 해양공원을 이십 분 만에 지나친다. 지나치는 풍경을 집어삼킨다. 익숙한 풍경에서 새로움을 발견하는 생과 주변에 지겨움을 발산하는 생은 본질적으로 다르다. 새로움은 여행이 되고, 지겨움은 노동이 된다.

미수 종점을 지난다. 한 번도 보지 못한 풍경 속으로 들어간다. 박경리 기념관과 삼덕 항을 지나자 버스 안 승객은 이십대 청년 한 명과 나뿐이다. 무뚝뚝한 기사는 망설임 없이 울퉁불퉁한 길을 운전해간다. 낯선 길 깊숙이 들어갈 때면 설렘보다 두려움이 앞선다. 길을 잘못 든 것은 아닐까 불안해진다. 그래도 길은 어김없이 이어진다. 어디에도 막다른 길은 없다.

기사는 연명마을에서 차를 돌린 뒤 달아공원에 내려주었다. 버스를 같이 타고 왔던 청년이 전망대에 오른다. 전망대 오른쪽에는 사량도, 왼쪽으로는 욕지도가 있다. 연화도와 두미도, 추도와 곤리도 등의 섬은 이어져 마치 육지처럼 보인다. 관광버스가 도착하더니 사람들이 쏟아져 내린다. 각자의 하루 위로 빛의 그림자가 드리운다. 각자 어떤 하루를 보냈든 상관하지 않고 공평하게 내린다. 반짝이는 것들을 가슴에 담는다. 이곳에 아름다운 모든 것이 있고, 아름다운 것들은 내 안에 들어왔다.

여름 일몰의 여운을 즐기며 기다리고 있노라면 8시경 버스가 도착한다. 버스는 마흔두 개의 정류장을 돌아간다. 버스에는 나와 운전기사, 밤바다 위에는 초승달뿐이다. 밤바다를 항해하듯 밝은 곳을 향해 나아간다. 주위가 밝아지면서 사람들이 하나둘씩 버스에 올라탄다. 동란을 겪고도 남았을 연세의 노인부터 초등학생. 웹툰을 보는 고등학생과 여중생. 직장인들. 까만 티셔츠와 하얀 운동화를 맞춰 입은 고등학생 커플. 다양한 사람들이 버스 한 대에 올라 각자 어딘가로 가고 있다. 유쾌하고 평화롭다.

다양한 세대가 함께 살아가는 일은 얼마나 황홀한가. 각자의 시간이 어우러져 세상을 이룬다. 밤바람은 시원하고, 달빛은 황홀하다. 어디로든 갈 수 있을 것만 같다. 지금 어딘가에는 구름 사이로 해가 떠오를 거다. 하루 안에 존재하는 시차처럼 세대는 시대를 잇는 연결고리가 되는 걸까. 세상 어디에선가 해가 떠오르듯 생명은 이렇게 이어지는 걸까.

라이딩 앤드 라이징Riding and Rising

통영에서 처음으로 자전거를 탄다. 버스를 타고 넘던 원문고개 오르막을 겨우 오른다. 원문고개를 내려오면 익숙한 풍경, 무전동과 북신동을 지나 토성고개를 넘는다. 토성고개를 넘어 동호동에서 정량동으로 짙은 바다 냄새를 맡으며 달린다. 통영대교를 지난다. 정겨운 풍경 속을 달린다. 본래 살던 장소가 여행 와야 볼 수 있는 장소가 되었고, 여행오던 장소가 다시 살아갈 곳이 되었다. 이제부터 살아갈 장소가 사람들이 찾는 관광지임은 즐거운 일이다.

비단 통영만 그럴까. 전국 곳곳이 관광지다. 누군가는 촉석루를 보기 위해 진주를 찾고, 누군가는 고래박물관을 보기 위해 울산으로 간다. 심지어 서울도 관광지다. 그곳에 사는 누군가에게는 답답한 빌딩숲에 불과할지라도 누군가에게는 볼거리가 가득한 놀라운 공간이다. 누군가에게 익숙해져버린 삶의 터전이라도 누군가에게는 꼭 한 번 찾고 싶은 여행지가 될 수 있다. 흐리면 흐린 대로, 맑으면 맑은 대로 일상을 여행하는 일은 기쁨을 맞이하는 여정이 된다.

지나온 날들이 모두 즐거웠던 것은 아니지만 언제나 새로운 날이었다. 내 앞에 펼쳐진 모든 날들은 낯설기에 설레는 것이 된다. 낯선 것들을 정겨운 것으로 바꾸는 과정을 향유할 수 있다면, 새로운 풍경을 찾는 설렘만큼 새롭게 다가오는 날들에 기뻐할 수 있다면 생은 좀 더 근사한 무언가가 될 테지. 어딘가로 달려가 볼 수 있는 풍경과 어딘가에서 밀려온 날들의 조우. 그것만으로도 멋진 일은 충분하다. 때로는 숨이 막혀 참을 수 없거나, 때로는 허공에 손을 뻗어 고독을 만질지라도. 삶을 향유할 수 있는 기쁨은 사라지지 않는다. 생을 선택할 수 있는 기회는 내 앞에 있다.

평인일주도로에 접어든다. 오르막은 제법 힘들지만 그만큼 내리막이 즐겁다. 커브가 심해 지루할 틈이 없다. 풍경은 제주보다 못할 것 없다. 제주와는 다른 무언가가 있다. 쪽빛 바다를 두고 달린다. 오르막과 내리막을 반복하며 고요한 질주를 계속한다. 노을전망대에 도착한다. 전망대 오른쪽에는 소망자도와 대망자도가 보이고, 장구도 너머 삼천포와 고성이 구름 저편에 어렴풋하다. 왼쪽에는 목도와 장도, 사량도의 상도와 하도가 보인다. 바다는 구름이 드리우면 수묵화가 되었다가 구름이 걷히면 선명한 유화가 된다.

평림동을 지나 어느새 인평동의 인평초등학교와 누이가 다녔던 충무여중, 경상대 해양캠퍼스를 지난다. 통영대교와 충무교 아래를 지난다. 충무교 교각에 붙은 '항내 과속금지' 표시가 반갑다. 교각 위로 차들이 오간다. 차들 위로 구름이 달린다. 자전거길이 어디까지 이어져 있을까 궁금해진다. 조금 더 달리면 통영 여객선 터미널, 금세 도천동 활어거리와 서호시장을 지나 통영시의 중심지 중앙활어시장까지 자전거길이 이어진다. 평인일주도로는 트레킹하기에도 좋아 보인다. 날이 흐린 데도, 노을을 볼 수 있는 시간대가 아닌 데도 이렇게나 아름답다. 모든 라이딩이 좋았다.

출발할 때는 설렘을, 돌아올 때는 안도감을 느낄 수 있다. 새로운 길은 설레고, 알게 된 길은 정겹다. 달릴 때마다 고비가 있다. 위험한 순간도 있지만 항상 만족할 만한 풍경과 마주할 수 있었다. 어디로든 달려갈 수 있다면 생은 계속된다. 프리터로 살건 프리 라이터로 살아가건, 어디로 달려가건 상관없이 어떻게든 생은 이어질 것이다. 바다만 따라가면 어떻게든 길을 찾을 수 있다. 무엇이 되었건 끝내 받아들일 수 있다면 생은 나아갈 수 있다.

통영 일주

통영 시내는 빈말로도 자전거 타기 좋은 동네는 아니다. 죽림 시외버스터미널을 지나면 바로 원문고개. 겨우겨우 고개를 올라가면 오른쪽에 멋진 바다가 펼쳐지지만 급경사에 오가는 차들이 많아 풍경을 감상할 여유는 없다. 자전거길이라 할 만한 것도 없다. 보도블록은 울퉁불퉁 제멋대로이고, 블록 사이의 턱도 높다. 무전동을 지나면 다시 토성고개를 넘어야 한다. 고개를 넘으면 중앙활어시장. 시장에서 간단히 배를 채우고, 다시 달린다. 서호시장을 지나면 오른쪽에 통영시립박물관이 있다.

시립박물관 안에는 덧무늬토기와 빗살무늬토기, 돌도끼가 전시되어 있다. 조개무지에서 토기와 함께 발견되었다는 해골이 눈에 띈다. 해골은 귀 부분이 불룩 튀어나와 있다. '외이도 골종'이라는 잠수병의 일종이다. 고막에 지속적인 압력이 가해져 생기는 병이다. 오랫동안 잠수하는 잠수부나 해녀들에게서 발견되

는 일종의 직업병. 멀게만 느껴지는 석기시대. 직업이라는 명칭
조차 없을 때에도 사람은 먹고 살기 위해 깊은 바다 속으로 헤엄
쳐 들어가야 했다. 뼈가 튀어나올 정도의 수압도 생에 대한 욕구
를 막을 수는 없었다. 살아남기 위한 처절함, 살아남기 위한 서
룩한 잠수로 생은 지속된다.

박물관에서 나와 얼마 가지 않아 윤이상기념관이 나온다. 윤
이상은 현대음악의 거장이다. 1917년 이곳에서 태어나 충무시
가 통영시로 바뀌던 1995년에 세상을 떠났다. 통영 시내 보도
바닥 곳곳에 박경리 작가의 문장이나 윤이상이 작곡한 교가들이
금속판에 새겨져 있다. 윤이상기념관에서 나오니 오후 4시. 여
중생들이 쏟아져 나온다.

충무교를 지날 때 오른편에는 통영대교. 한 도시에 명칭이 공
존하는 것은 1955년부터 이순신 장군의 시호를 따서 충무로 불
리다가 1995년 충무시 일원과 통영군 일원을 합해 통영시가 되
었기 때문이다. 다리를 지나면 내가 졸업한 초등학교와 중학교,
고등학교가 일이 분 사이에 스쳐 지나간다. 버스비가 50원이던
시절에 차비로 사먹었던 쥐포나 번데기를 파는 가게, 중학교 바
로 옆의 시립도서관, 12년의 학창시절이 이렇게 좁은 곳에 모여
있다. 고등학교 때 몰래 따먹던 비파나무는 여전히 샛노란 열매

남아 있는 날은 모두 아름다울 것이다.

를 주렁주렁 매달고 있다.

같은 도시에 살아도 만날 수 없는 아버지가 사는 집을 쏜살같이 지난다. 아픔은 아픔으로 남겨두고 달려간다. 유람선 터미널이 보인다. 안간힘을 써 펜션과 리조트로 가득한 고개를 오르면 산양읍. 오른쪽에 펼쳐진 풍경만으로도 지금까지의 땀을 보상받을 수 있다. 동백과 해송, 야자나무 사이로 불어오는 바닷바람. 짜릿한 내리막길. 앞으로의 날들이 보인다. 살아갈 모든 날이 즐겁지는 않겠지만 남아 있는 날은 모두 아름다울 것을 안다.

집으로 돌아오는 길, 스마트폰을 든 아이가 갑자기 뛰쳐나온 것을 피하려다 넘어졌다. 체인이 빠져 자전거대리점으로 끌고 가 수리한다. 수리 받는 김에 타이어에 바람도 넣는다. 아이가 다치지 않아 천만다행이다. 아무도 다치지 않았다. 그것만으로도 감사할 일이다. 무사히 집에 돌아올 수 있는 것만으로도 기적이다.

얼마나 많은 기적들이 일어나는지 우리는 너무 쉽게 잊어버린다. 생존을 당연한 일상으로 여기지 않아야 한다. 수백 대의 차 중 단 한 대도 실수로 자전거를 들이받지 않았고, 수십 군데의 골목길에서 나오는 차들을 모두 피했다. 오늘, 아무도 다치게 하지 않았다. 스스로를 다치게 하지 않았다. 아무 일 없이 무사히 집으로 돌아온다는 것은 얼마나 대단한 일인가.

배를 채울 수 있어 감사하고, 일할 수 있어 다행이다. 오늘도 죽지 않고 살아남았다. 우리는 소중한 것을 잃어버려 불행해지지 않는다. 감사한 마음을 잊어버려 불행해진다. 타인을 다치게 하지 않고, 스스로를 아프게 하지 않은 하루. 그것만으로도 감사할 일은 충분하다.

샛길, 생의 길

통영 버스터미널에서 일단 바다 쪽으로 달린다. 바다를 옆에 두는 것 외에는 길을 따지지 않고 그저 달린다. 해안에 산책로 겸 자전거길이 나온다. 오른쪽에 조그마한 공원이 보인다. 죽림 소공원을 끼고 마산을 향하는 큰길 대신 오른쪽 일차선 도로를 따른다. 밤섬, 이도와 죽도를 시작으로 창포마을을 넘어가면 소입도와 용도, 형제도가 보인다. 자전거 도로는 금세 끊겨버리지만 잘 닦인 차도를 달릴 수 있다. 가끔 오가는 차 몇 대뿐. 멈추기 아까울 정도의 풍경이 끝없이 이어진다.

물 반, 바람 반. 자유로움만 가득하다. 새벽녘 아무도 밟지 않은 눈에 발자국을 딛는 설렘이 여기도 있다. 뽀드득 뽀드득 눈부신 햇살을 밟으며 달린다. 갈 때는 오른쪽에, 돌아올 때는 왼쪽에 바다를 끼고 달리면 된다. 교차로 따위는 생각하지 않아도 좋다. 오르막은 부담스럽지 않고, 내리막은 위험하지 않을 정도다. 커브는 완만하다. 왼쪽에는 농촌 풍경. 모내기를 마친 논, 싱싱한 밭의 작물들. 정자 그늘에 앉아 쉬는 할머니들. 오른쪽에는 어촌 풍경. 작은 어선과 양식장, 몇 명의 낚시꾼들, 굴 껍데기를 쌓아둔 더미들.

통영은 자전거 타기에 최악이라는 판단은 틀렸다. 부분적으로 맞다 해도 온전한 답은 아니다. 모든 길을 가보기 전에는 섣불리 답을 내서는 안 된다. 설사 최악의 시기를 보낸다 해도 그 날들이 생의 전부인 것은 아니다. 새로운 길은 가지 않으면 보지 못하고, 새로운 날은 살아보지 않으면 알 수 없다. 가능한 한 많은 길을 찾으려 한다. 가능한 한 많은 날을 살아보고 싶다. 모든 날을 살아보지 않으면 끝내 알 수 없는 것들이 있다. 주어진 모든 날을 살아내야 한다. 그것만으로도 충분히 좋은 인생이다. 온전한 일생을 살아내면 된다. 생을 누린다는 것은 될 수 있는 한 많은 날을 누비라는 말이다.

돌아오는 길에 광도천 덕포교를 건너기 전 오른쪽 샛길에 수국이 늘어서 있어 구경하러 들어간다. 나무그늘이 이어져 있어 시원한 바람이 분다. 그늘 아래에 못 쓰게 된 작은 보트를 하얗게 칠해 장식하고, 옛날 초등학교 책걸상도 수국색으로 예쁘게 칠해두었다. 왼쪽에는 초록 논밭이, 오른쪽에는 광도천이 고요

물 반, 바람 반, 자유로움만 가득하다.

하게 흐른다. 축제 이름은 수국수국水國水國. 조용한 축제를 원한다면 한 번 와볼 만한 곳이다.

이번에는 왼쪽 샛길에 뭐가 있나 달려본다. 집으로 오는 지름길이다. 생에는 큰길만 있지 않다. 샛길을 알아야 생의 아름다움을 알게 된다. 샛길로 빠져봐야 새로운 풍경을 마주하게 된다. 햇빛 아래를 달리면 안 좋은 바이러스는 모두 사라지고 해피바이러스만 남는다. 바람에 근심 따위는 모두 날아가 버린다.

낙동강을 달리다

축제나 모임과 달리 명절은 피할 수가 없어 곤란하다. 주말도 명절도 없이 일할 때에 비하면 행복한 고민이지만 번거로움은 어쩔 수 없다. 연휴 전날까지 가고 싶지 않은 마음이 반, 가고 싶은 마음이 반이었다. 아들 없이 명절을 보낼 어머니 생각을 하니 가지 않을 수 없다. 막상 가면 즐겁게 시간을 보낼 것을 안다.

누이가 자전거를 갖고 올 건지 물었다. 문득 자전거가 타고 싶어졌다. 배낭 하나를 메고 자전거에 올랐다. 날은 흐리고, 바람이 세차다. 바람에 맞서며 힘들게 달릴 생각을 하니 벌써 즐거워진다.

젊을 때는 앞날은 긴 데 마음만 조급했다. 나이를 먹으면서도 조급한 마음을 놓지 못한다면 압박감만 커질 뿐이다. 나이 먹을수록 자신의 공간을 확보해야 한다. 독신이라면 홀가분하니 거칠 것이 없고, 함께 오래한 부부라면 서로 공간을 마련해줄 수 있어야 한다. 사슬로 서로를 묶어야만 믿음이 공고해지는 것은 아니다. 서로를 따스하게 안으면서도 자유로운 관계를 설정해야 한다.

젊을 때는 어디론가 떠나고 싶고, 나이 들어서는 어디론가 돌아가고 싶어진다. 그러나 마음의 길은 여러 갈래라 때론 떠나고 싶고, 때로는 돌아가고 싶어진다. 돌아가고 싶은 곳이 있는 것도 좋고, 떠나고 싶은 열망이 있는 것도 좋다. 불운은 밖에서 마주하지만 불행은 안에서 자란다. 언젠가를 꿈꾸지 말고 언제나 좋은 것들을 찾아야 한다. 함께 할 날이 많지 않다면 거리낄 것

내가 있는 곳에서
일어나는 것이 생이다.

이 없다. 함께 할 날이 많이 남아 있다면 지금부터 바로잡아야
한다.

　일 년에 한두 번인 만남에서조차 서로를 배려할 수 없다면 가
족이 무슨 의미가 있을까. 모두의 희생 위에서만 유지될 수 있
는 관계라면 무슨 즐거움이 있을까. 가족이라 당연한 것이 어디
있나. 가족이니 더욱 존중해야 한다. 의무가 아닌 즐거움을 서
로에게 부여해야 한다. 스스로를 기쁘게 만들 것을 찾아내야 한
다. 가족이니 모든 게 허용된다 생각하면 곤란하다. 당연하지
않아야 감사함을 느낄 수 있다.

　누이가 자리를 잡고 살아 고맙다. 혼자 사는 오라비를 불러주
니 감사한 일이다. 의무에 의해서만 지탱되는 관계라면 가족이
라 부를 수 없다. 이해를 희생으로, 배려를 강요로 변질시켜서
는 곤란하다. 명절에 각자의 집에 따로 가는 것도 괜찮지 않을
까. 설에는 남편이 아이를 데리고 시댁에 가고, 추석에는 아내
가 아이를 데리고 처가에 간다. 하루는 처가에, 하루는 시댁에
가며 길 위에서 명절을 다 보내는 것보다 나쁠 것 없지 않을까.
차례나 제사를 꼭 모시지 않아도 좋다. 각자의 형편에 맞춰 좋은
것을 선택하면 그만이다. 완벽한 가정 같은 건 없으니까. 모름
지기 명절이라면 즐겁고 반가워야 한다. 그보다 본질적인 것이

어디 있을까.

서부터미널에 내려 달린다. 이것은 귀경인가, 귀성인가. 본가는 통영이고, 사는 곳도 통영이지만 부산 누이의 집으로 간다. 아무려면 어떤가. 이것도 인생이다. 타인이 아무리 이것이 인생이라 가르쳐줘도 못 알아듣겠다. 내가 없으면 생도 없다. 내가 있는 곳에서 일어나는 것이 생이다. 내가 선택한 것이 생이다. 비가 쏟아지기 시작했지만 개의치 않고 달린다. 선택하지 않은 것이 나를 행복하게 만드는 경우는 있어도 내가 선택한 것이 나를 불행하게 만든 적은 없다.

과오 過誤

과함을 경계하라 했다. 경계를 지키며 살지 못했다. 자주 실수를 저질렀고, 분수를 알지 못했다. 지나치게 몰두했고, 틀린 선택을 자주 했다. 한정된 공간에 너무 많은 것을 집어넣었다. 능력에서 벗어난 것을 욕심냈다. 주사위를 던지는 도박은 하지 않았지만 한 사람에게 모든 것을 걸었고, 또 잃었다. 지나치게 사랑했고, 지나치게 아파했다. 지나치게 열심히 살았고, 그만한 성과가 없음에 절망했다. 질릴 때까지 도전해보지 않으면 납득하지 못했다. 몸이 비명을 질러도 그만둘 줄 몰랐고, 마음이 부서져도 포기하지 않았다.

당신의 말을 새겨듣지 않았기에 이런 삶 밖에 살 수 없게 되었는지도 모른다. 당신의 말이 옳았음을 알겠다. 당신의 말을 새긴 채 살았다면 멋진 삶을 살게 되었을지도 모른다. 과함 때문에 멋지게 살지 못했지만 과함 덕분에 오롯이 삶을 향유했다. 질리

질릴 때까지 향유하고 싶다.

도록 무언가를 해보고 난 후에는 미련이 남지 않는다.

　질릴 때까지 향유하고 싶다. 무언가에 질린다는 건 당시에는 알 수 없을지라도 인생 전체로 봤을 때는 상당히 근사한 일이 된다. 무언가에 질린다는 것은 후회가 남지 않을 만큼 실컷 해봤다는 뜻이다. 타인을 질리게 만드는 행위만 아니라면 어떤 일이라도 질리도록 해보는 것이 후회 없는 생이다. 효율적이지 않을지 몰라도 무언가를 질리도록 해본 시절이 있어 다행이다.

　생에 의미 없는 일은 없다. 무언가를 통해 즐거운 시간을 보냈다면 충분하다. 질렸다는 것은 무언가를 원하는 만큼 다 해서 더

제2장 행복이라도 짊어지지 않는다　137

이상 미련이 남지 않게 된 거다. 그러한 과정을 통해 아무리 해도 질리지 않는 무언가를 찾아내는 거다. 계속 그렇게 살아갈 거다. 세상에서 아름다운 것을 찾고 질릴 때까지 매달릴 거다. 가능한 한 많은 것들에 질려버리고 싶다. 그렇게 나를 소모하고 싶다.

능력 밖의 것을 탐했기에 그나마 여기까지 올 수 있었다. 몸으로 납득하지 않으면 깨닫지 못하는 사람이다. 미리 한계를 정하고 싶지 않다. 몸으로 부딪쳐 스스로의 경계를 알아내야 했다. 생의 절반쯤은 그렇게 사는 것도 나쁘지 않을 듯하다. 과함을 경계하며 사는 것은 남은 생에도 가능한 일이다. 한계를 인정하는 겸손을 간직하되 경계를 확장하려는 욕망도 잃지 않으려 한다. 나의 욕망은 과한 것일까.

그래도 지나침 덕분에 세상과 다양한 관계를 맺을 수 있었다. 좋았던 날만 있었던 것은 아니었지만 소중한 순간은 모두 경계를 넘어선 곳에서 만났다. 한계에 닿았다는 건 경계를 허물기 시작했다는 거다. 적절한 타협은 경계가 어디인지 확신할 때 가능하다. 타협은 무기력과 욕망 사이에서 대충 누울 곳을 찾는 일이 아니다. 한계를 시험하고 온 힘을 다해 경계를 허물어 낸 사람만이 적절한 타협을 할 수 있다. 타협을 패배로 여기지 않는다. 타협점은 새로운 경계가 된다. 경계는 다시 시작할 출발점이 된다.

제3장

완전하지 않아도 온전하게

불을 밝히고 나아가다

문득 주위를 둘러보니
내 뒤에는 사랑했던 것들이
내 앞에는 상상하는 것들이
반짝반짝 빛나고 있다.
어둠을 빛으로 전환하는 힘이
내 안에 있음을 이제 의심하지 않는다.

행복한 삶을 위한 계산

더한다. 나아갈수록 내가 살아온 날들이 더해진다. 아직 살지 않은 날은 나의 생이 아니다. 뺀다. 나를 무겁게 만드는 것들을 버린다. 생을 무겁게 만든다면 행복이라 해도 짊어지지 않는다. 곱한다. 단순하게 하루를 더하는 삶을 살지 않는다. 하루에 백 글자. 하루에 일 만보. 어떤 습관이라도 상관없다. 습관은 생을 확장한다. 나눈다. 내가 가진 것을 나눌 수 있는 여유를 잃지 않고 살아간다. 풍요롭기에 나누는 것이 아니라 나누면 여유로워지는 것이다.

네 가지 계산만 확실히 알고 있으면 살아가는데 아무런 지장이 없다. 살아온 날들이 내 뒤를 지켜준다. 살아온 날은 누구도 훔쳐갈 수 없고, 스스로도 훼손할 수 없는 안전한 곳에 있다. 살아갈 날들은 새롭게 내게 다가올 것이다. 필요하지 않은 것을 버리면 삶은 가벼워진다. 필요한 것과 필요하지 않은 것을 구분할 수 있으면 생은 명확해진다. 습관 하나를 갖는 것은 생을 확장하는 일이다. 하루에 100글자, 몇 줄만 써도 일 년이면 36,500글자다. 삼 년이면 책 한 권을 쓸 수 있다. 매일 1만 보를 걸으면 대략 300칼로리를 소모힌다. 일 년이면 10민 칼로리다. 체중 10킬로그램쯤 감량하는 것은 그리 어렵지 않다. 삶에 습관 하나를 더하는 것은 생을 몇 곱절로 확장하는 일이 된다. 아주 사소한 것이라도 나누어본 사람은 안다. 누군가에게 베푸는 일이 자신에게 얼마나 큰 도움이 되어 돌아오는지 알게 된다. 자원봉사를 해도 좋고, 재능기부를 해도 좋다. 특별하지 않아도 좋다. 부담되지 않는 사소한 것을 나누는 것부터 시작하면 된다. 쓰던 이불만 기부해도 유기된 강아지들이 겨울을 날 수 있는 보금자리가 된다. 박스를 줍는 노인에게 시원한 물 한 잔만 건네도 하루가 행복해진다.

네 가지 계산을 확실히 하고 살아가면 된다. 다른 계산은 그리 중요하지 않다. 머리를 아프게 하는 계산보다 마음을 풍요롭게 만드는 계산을 하며 살아가는 쪽이 훨씬 즐겁다. 행복은 복잡한 수식을 필요로 하지 않는다. 우리는 무엇을 남길 것인가에 몰두할 게 아니라 어떻게 하면 남김없이 생을 소모할 것인지에 집중해야 한다. 물질을 얻기 위해서는 복잡한 수식이 필요할지 몰라도 생을 아낌없이 소모하는 일에는 초등학교 수준의 산수만으

누군가를 사랑할 때 삶은 풍요로워진다.

로 충분하다. 부모에게서 받은 소중한 생명이 있다. 인류가 지금까지 쌓아온 방대한 지식과 문화가 우리 앞에 있다.

우리가 일생 동안 반복해야 할 일은 한 가지뿐이다. 매일의 풍경을 온 몸으로 소화시켜 추억으로 만드는 일. 그렇게 만들어낸 추억은 누구도 훔쳐갈 수 없다. 지금의 자신조차 손상시킬 수 없는 무언가가 되어 생을 지탱한다. 생명은 대체될 수 없는 보물이다. 생의 가치를 깨달은 사람만이 제대로 사용가능한 보물. 삶을 아낌없이 사용해야 생이 가치를 획득한다. 도대체 무엇으로 결과에 개의치 않고, 관계에 매이지 않는 사람을 구속할 수 있단 말인가. 버거우면 행복도 짊어지지 않는 사람을 불행하게 만들 수 있단 말인가.

매일 선 하나를 그으며 살아간다. 처음 이사를 왔을 때에는 지도를 충분히 찾아보고 난 후에야 출발할 수 있었다. 이제는 지름길을 알고, 어디를 들러야 좋을지도 알게 되었다. 점과 점을 잇는 선 하나를 긋고 반복한다. 선은 명확해진다. 하나의 선을 기준으로 삼아 새로운 선을 뻗는다. 선이 이어져 생이 된다. 풍요로운 삶이란 별 거 없다. 매일 아침 산책길에 일렁이는 파도, 장을 보러 가는 길 산 위를 흘러가는 뭉게구름. 깨끗한 물과 배를 채울 약간의 음식이면 충분하다.

누군가와 경쟁하지 않아도 얻을 수 있는 것을 사랑할 때 삶은 풍요로워진다. 아무리 귀한 것이라도 싸워야 얻을 수 있다면 생은 전쟁이 될 거다. 희생 없이 지킬 수 없으니 고통스럽고, 잃을까 두려워 편히 잠들지 못할 거다. 풍요로운 삶을 위해서 자신이 긋는 선을 사랑해야 한다. 몸으로 긋는 선 위에 있는 사소한 것들을 사랑해야 한다. 지나치게 많은 것을 계산하느라 소중한 것들을 지나치지 않아야 한다.

단점을 들어낼 수 없으면 드러내라

스스로 우스꽝스러워지는 것을 두려워하지 않으면 타인과의 관계에서도 무서울 것이 없어진다. 가볍게 행동하고 실없이 말하란 뜻이 아니다. 들어낼 수 없는 단점이라면 드러내는 편이 오히려 나을 때도 있다는 거다.

누구나 단점을 갖고 있다. 대부분의 사람은 단점을 감추려 노력한다. 감추고 있는 단점이 타인에 의해 드러나면 약점이 되지만 스스로 드러낼 수 있는 단점은 그의 특징 중 하나에 불과해진다. 들어낼 수 없다면 미리 드러내는 것도 좋은 방법이다.

멀리해야 할 사람들은 득달같이 달려와 물어뜯을 것이고, 가까이 해야 할 사람들은 적절한 거리에서 멈출 것이다. 위기가 기회가 되듯 단점도 유용한 도구가 될 수 있다. 산이 높으면 골이 깊다는 문장을 새기고 산다. 완벽한 사람은 세상 어디에도 없지만 온전한 자신으로 살아가는 사람은 분명 존재한다.

단점을 약점으로 만들지 않는다. 묻지도 않았는데 나서서 떠들 필요 없다 판단한다면 그것도 좋다. 하지만 지금까지 없애지 못한 단점이라면 무의식중에 드러나게 되어 있으니 마음의 준비는 해둘 필요가 있다. 단점이 드러나는 것을 부끄러워할 필요도 없고, 장점을 내세우며 잘난 체할 필요도 없다.

단점도, 장점도 나를 이루는 부분에 불과하다. 그러나 드러났을 경우에 대비해두지 않으면 회복할 수 없는 상처를 입을 수도 있다. 자신을 있는 그대로 인정하라. 당신의 장점이 지금까지 살아온 생의 결과이듯 단점 역시 지금까지의 삶에서 파생한 결과다.

단점을 좋아할 수는 없어도 이해하는 것은 가능하다. 있는 그대로의 자신을 이해하면 스스로를 인정할 수 있다. 누군가 당신의 단점을 지적할 때 웃을 수 있는 여유가 생겨난다. 타인을 이용해야만 살아갈 수 있는 사람이 아닌 자신의 단점까지 사용해 살아가는 사람이 될 수 있다.

있는 그대로의 자신을 이해하면
누군가 당신의 단점을 지적할 때
웃을 수 있는 여유가 생겨난다.

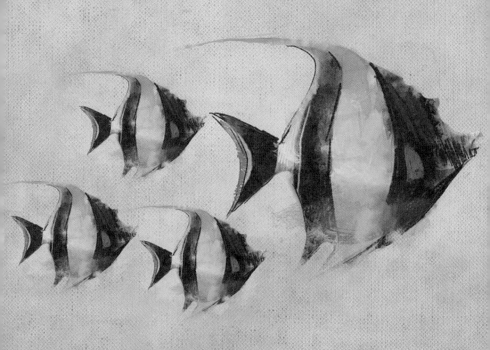

비를 긋다

찌개 하나로 세 끼 밥을 먹고, 책을 네 권 읽었다. 글을 다섯 장
썼다. 해가 나지 않아도 비가 그칠 때마다 나간다. 비가 강을 통
하지 않고 바다와 직접 만날 때의 설렘. 바다에서 정겨운 향기가
난다. 며칠 동안 같은 찌개로 밥을 먹어도 좋다. 매일 다른 문장
을 읽을 수 있으니 괜찮다. 매순간 다른 상황에 부딪쳐도 좋다.
생을 대하는 마음은 한결 같으니 괜찮다. 모든 것이 완벽할 필요
는 없다. 한결같은 것이 하나만 있어도 삶은 평온하다. 달라지
는 것 하나로 생은 새롭다.

나무들은 가을 사이에 촘촘히 낙엽을 채운다. 노란 엽서를 띄
워 보내 가을이 앉을 자리를 마련한다. 식탁 위의 음식이 모두
맛있을 필요는 없다. 먹을 만한 반찬 하나만 있어도 충분하다.
완벽한 리모델링이 아니어도 좋다. 소소한 리프레시면 된다. 자
신에게 사소한 기쁨을 줄 수 있다면 그것이 지혜고, 진리다. 나

중에 호화롭게 살 생각 말고 지금 무언가를 하는 편이 낫다. 나이 들어 여유를 얻을 생각 말고 지금 자신의 기호를 만족시키는 편이 낫다.

비를 긋는 동안 비가 그쳤다. 비를 긋는다. 얼마나 근사한 말인가. 비가 오는 동안 잠시 쉬어갈 수 있다. 쉬는 동안에도 생의 그림은 그려지고 있다. 어딘가에 족적을 남기지 않아도 좋다. 역사에 한 획을 긋지 않아도 좋다. 잠시 비를 긋고 다시 발걸음을 옮길 수 있으면 족하다.

달라지는 것 하나로 생은 새롭다.

관계로 자신을 증명하지 말자

유명한 사람이나 높은 지위에 있는 사람을 알고 있다며 관계로
자신을 드러내는 사람들이 있다. 아빠가 얼마나 힘이 센지 자랑
하던 어린아이의 수준과 다를 바 없다. 순수하게 아빠를 자랑스
러워하는 다섯 살 아이는 사랑스럽기라도 하다. 나이 들어 인맥
을 가지고 자랑하는 모습은 추하기만 하다. 문제는 나이 들수록
이런 사람들이 늘어난다는 사실이다. 나이 먹어도 스스로에 대
한 확신을 갖지 못한 사람들이 많다.

자신을 믿지 못하는데 지금껏 살아온 생에 자부심이 있을 리
없다. 관계에 기대지 않으면 제대로 설 수 없음을 광고하는 꼴이
다. 아무리 대단한 사람을 알고 있으면 뭐하나. 존재의 근거가
자신 바깥에 있는 사람은 자립하지 못한다. 끝없이 누군가에게
기대야 하고, 알아주지 않을수록 큰 소리를 내게 된다. 사람들
은 귀를 틀어막건만 알아챌 눈치도 없다.

소중한 것은 자기 안에 있어야 한다.

관계는 타인에 한정되지 않는다. 지금의 자신이 아닌 과거의 자신에게 기대고, 미래의 자신에게 의지한다. '내가 누군지 알아' 혹은 '왕년에 내가'라고 말하는 사람들은 지금의 자신을 인정하지 못한다. 과거를 끌어오고 미래를 당겨쓰지 않으면 아무것도 내세울 게 없다. 자신에 대한 확신이 있다면 하지 않을 행동이다.

스스로를 확신할 수 있는 힘은 재산이나 지위에서 오지 않는다. 자신에 대한 확신은 스스로를 객관화하는 판단, 판단에서 비롯한 자기 통찰에서 온다. 자신이 왜 이곳에 있는지를 알고 어떻게 살아갈지 스스로 결정한 사람은 타인의 위세에 올라타지 않는다.

관계에는 소유도 포함된다. 무엇을 소유하는지로 자신을 증명할 수 없다. 물건은 눈에 보이고, 손으로 만질 수 있기 때문에 소유로 자신을 증명할 수 있다고 착각하는 사람이 생각보다 많다. 눈에 보이지 않으면 공허해지고, 손으로 만질 수 없는 것을 믿지 못하게 된다. 물질에 기대는 습관이 들면 영혼이 바로 서지 못한다. 소유 또한 관계의 확장이다. 생의 판단 기준이 물질이 되면 생의 근거 또한 물질에 깃들게 된다.

바깥에 있는 것을 지키기는 어렵고 통제할 수도 없다. 그런 의미에서 인맥이나 과거, 소유 모두 마찬가지다. 소중한 것은 자기 안에 있어야 한다. 누구도 빼앗을 수 없는 곳에 있어야 한다. 내면에 소중한 것을 지닌 사람은 인맥이 끊겼다고 흔들리지 않는다. 과거에서 멀어졌다고 비참해하지 않는다. 소유한 것을 잃었다고 평온을 잃지 않는다. 관계에 구속되면 자유를 잃는다. 자존감을 기를 기회를 빼앗긴다. 자유로운 영혼은 관계에 구속되지 않는다.

기대를 버려야 산다

기대하지 않으면 생이 충만해진다. 누구에게도 기대할 수 없고, 무엇도 당연하지 않음을 겸허하게 받아들이면 타인에게 기대하지 않게 된다. 어떻게 해야 이성이 내게 호감을 갖게 될까 기대하면 행동은 부자연스러워진다. 자연스럽게 행동하면 만남이 불편해질 일이 없다. 시간을 유쾌하게 보내는 일에 집중할 수 있다.

기대하지 않아야 편안해지는 것은 이성과의 만남만이 아니다. 타인과의 만남에서도 더 이상 스트레스를 받지 않는다. 곤란한 상황에 처했을 때 누군가 도와줄 거라고 생각하지 않는다. 대부분의 상황에 대비를 해둔다. 곤란한 상황은 자주 일어나지 않지만 아예 일어나지 않는 것은 아니다. 미리 대비해두면 당황하지 않게 된다. 침착하게 상황에 대처할 수 있다.

주위 사람에게 뜻밖의 도움을 받으면 감사하지 않을 도리가 없다. 구체적 도움이 아니라도 좋다. 가벼운 위로나 조심스러운 안부 한 마디에도 큰 힘을 얻는다. 가족이니까 어떤 상황에서도 힘이 되어 주어야 한다고 기대한다면 아직 어른이 되지 못한 거다. 어른은 스스로 일이설 수 있는 인간이다. 넘어지면 일으켜 주겠지, 그런 막연한 기대는 인간을 나약하게 만든다. 친구니까 어떤 상황에서도 이해해 주겠지 기대하는 것도 곤란하다. 가족이나 친구, 애인과 배우자는 우리를 사랑하고 믿어주는 걸로 제 역할을 다하고 있다. 그러니 그들의 호의나 헌신, 배려를 당연히 여겨서는 안 된다. 연대해야 하는 것은 마음일 뿐 생활이 아니다.

각자의 생을 오롯이 살아가지 못하면 어느 한 쪽은 희생해야 한다. 그들은 희생을 기꺼이 감수하겠지만 그런 희생을 필요로 하지 않는 관계가 건강하다. 세상에 대해서도 기대하지 않는다. 세상은 정의롭고 사람들이 선의로 가득 차 있다고 생각하지 않는다. 단순한 비관론이 아니다. 세상의 정의가 나의 정의와 일치하지 않음을 알고 있고, 사람들의 선의가 나를 향하지 않아도 괜찮다는 뜻이다.

세상을 구성하는 일원으로서 정의로운 세상을 만드는 일에 목소리를 더하고, 누군가에게 친절을 베풀 준비가 되어있는 한 명

기대하지 않으면 순간은 모두 선물이 된다.

의 시민으로 살아갈 뿐이다. 미래에 대해서도 기대하지 않는다. 언젠가 멋진 성취를 이룰 거라 기대하지 않는다. 스스로 납득할 만큼 노력할 수 있는 오늘에 만족한다. 찬란한 내일이 올 거라 기대하면서 무수한 오늘을 흘려보내지 않는다. 삶은 무수한 오늘의 집합. 내일은 없다. 또 하나의 오늘뿐이다. 기대하지 않고 살아야 제대로 설 수 있다. 넘어져도 다시 일어설 힘을 기를 수 있다.

기대하지 않으면 순간은 모두 선물이 된다. 아무것도 기대하지 않으면 모든 것이 상상할 수 없었던 기쁨으로 변한다. 세상이 나를 위해 무언가를 해줄 거라는 기대를 버리고 스스로 기쁨을 향해 나아간다. 타인이 자신을 좋은 사람으로 여겨줬으면 하는 바람, 관계가 자신에게 좋은 방향으로 움직이길 바라는 마음, 좋은 사람이 되어야 한다는 강박감, 언젠가 좋은 날이 올 거라는 헛된 소망을 버렸다. 사람들에게 맡겨 놓은 선의도 없고, 세상에 맡겨 놓은 희망도 없다. 스스로의 판단에 의해 행동하고 선택을 책임지며 살아간다.

친절을 베풀 때 감사를 기대하지 않는다. 노력할 때 결과를 낙관하지 않는다. 기대한다는 말을 능동적이라 착각하기 쉽다. 하지만 기대는 타인에게 기대려는 나약한 마음이다. 운명을 기다리는 수동적 자세다. 기대하지 않는 사람은 기대지 않는 사람이다. 자신의 나약함을 인정하되 행동하는 사람이다. 행동은 신념에서 비롯하며, 행동 그 자체로 결과가 된다. 노예의 삶을 버리려면 기대의 사슬을 끊어야 한다. 기대를 끊으면 누구도 구속할 수 없게 된다. 생의 주인이 될 권리는 누구에게나 있다.

그때는 그때의 의미가 있다

졸작이란 말이 불편했다. 작가들의 지나친 겸손을 이해하기 힘들었다. 최선을 다했다면 자부심을 가져도 되지 않을까, 자만하지 않는다면 괜찮지 않나, 자신의 책을 사서 읽어주는 사람을 위해서라도 그렇게까지 말할 필요는 없지 않나 쭉 생각해왔다. 하지만 자신의 책을 졸작이라 부르는 이유를 글 쓰는 것을 직업으로 삼아보니 알겠다.

지속적으로 쓰는 한 작가는 미세하지만 조금씩 성장한다. 타인은 알 수 없어도 본인은 느낄 수밖에 없는 차이가 생긴다. 책이 나와도 감흥은 없다. 오히려 부끄럽다. 책 속의 내용과 문장이 지금의 내가 보기에 부족하게만 느껴지기 때문이다. 그래서 책이 출간돼도 보지 않는다. 이미 질리도록 살펴본 글이다. 후회만 더할 뿐이다. 지금 쓴다면 더 잘할 수 있을 텐데 하는 아쉬움만 남는다.

그렇게 출간된 책은 졸업 앨범이 된다. 한 단계를 지나 다음으로 넘어가는 일련의 행위가 된다. 문을 열고 들어와 또 하나의 문을 발견한다. 작가가 자신의 작품을 졸작이라 말하는 이유를 이제 알겠다. 졸업한 학교에 남아있을 수는 없다. 졸업 작품을 완성하면 떠나야 한다. 책은 유치하지만 찬란한 과거가 된다. 작가는 한 글자에 한 걸음씩 나아간다. 걸을수록 걸음걸이는 차분해진다. 작가는 뒤를 돌아보면서 앞으로 나아가는 존재였다.

과거 모습을 돌이켜보면 서툴 수밖에 없다. 하지만 그때에는 그때만 가능했던 무엇이 담겨 있다. 지금 내게 도시에서 도시로 자전거를 타고 다니던 여행을 다시 하라고 한다면 돈을 줘도 못한다. 다시 제주 일주를 하라 한다면 무릎이 배겨나지 않을 거다. 다시 그 사람을 만날 수 있다 해도 더 이상 줄 마음이 남아있지 않다. 직장인으로 돌아갈 생각을 않는 것은 직장에 쓸 수 있는 시간을 모두 썼기 때문이다.

이제는 할 수 없게 된 일 때문에 쓸쓸해하지 않는 것은 그때가 아니었다면 할 수 없었음을 알고 있는 까닭이다. 돌이킬 수 없는 것이 아니라 돌아가야 할 이유가 남아있지 않은 거다. 돌아가지 않아도 좋을 만큼 온 힘을 다해 살아왔다. 늘 좋지는 않았지만 그때에는 그때의 의미가 있다. 그대로 남겨두지 않으면 안 될 정당한 생의 이야기가 그곳에 있다. 운 좋게도 그때가 아니면 할수 없었던 일들을 경험할 수 있었다.

지금 할 수 없게 된 것은 그때 해야 할 일들을 모두 끝마쳤기 때문이다. 되돌리려는 어떤 시도도 오점이 되어버릴 만큼 온전한 순간이었다. 완결된 이야기는 모두 완벽하다. 세상에 다시없을 이야기가 각자의 생에 있다. 지금 이곳에도 그때가 있다. 완벽한 선택은 없다. 선택하고 선택을 완결시키며 나아갈 뿐이다. 옳은 선택은 없다. 스스로 선택한 것은 무조건 옳다. 선택하고 선택을 옳게 만드는 거다.

생각이 짧다고 틀린 것도, 생각이 길다고 현명한 선택을 하게되는 것도 아니다. 심사숙고를 핑계로 행동하지 않을 이유를 찾아서는 곤란하다. 생각이 짧아도 일관된 행동이 뒷받침된다면 괜찮다. 생각이 길어도 행동이 따라오지 않는다면 아무 소용이 없는 일이다. 부끄러운 과거는 있어도 바꿔야 할 과거는 없다. 그때로 돌아갈 수 없다고 흘릴 눈물 따윈 없다. 그때가 그때라서 다행이라고 가슴을 쓸어내릴 뿐이다. 필요한 건 커튼콜이 아니다. 당장 커튼을 걷고 오늘과 마주하는 일이다. 미련을 추억으로 전환하며 우리는 나아간다.

추억은 지지 않는 꽃이 된다. 꽃가지는 꺾지 못했지만 다행히 미련은 꺾을 수 있었다. 꺾은 미련을 화병에 꽂아 두었다. 꽃이 지고 바람이 잠들면 미련은 초록의 여름으로 돋아날 거다.

밤의 항해

선수船首가 물살을 가른다. 하얀 돛이 어둠을 베어낸다. 물결은 부채꼴로 퍼져나가다 선미에서 합쳐지고 배는 어둠에 스민다. 가르고 난 후에야 합쳐지는 것들, 베어낸 후에야 스며드는 것들이 여기에 있다. 하얀 요트 선체. 반짝거리는 색색의 알전구들.

샹송 소리가 울려 퍼지고, 배는 도시에서 멀어져 간다. 배는 조금씩 어둠 속으로 스며들어간다. 배는 조금씩 정적 속으로 스며들어간다. 공백에는 공백의 의미가 있다. 침묵에는 침묵의 언어가 있다. 심연에는 심연의 표정이 있다. 의미를 알아챌 수 없다고 쓸모없는 것은 아니었다. 어둠을 품어야 빛은 단단해진다. 침묵을 품어야 존재는 단단해진다. 두려움을 품어야 용기는 단단해진다.

용기는 용기다. 용기는 두려움을 정복하기 위한 칼도, 세상의 모든 두려움을 막을 수 있는 방패도 아니다. 용기勇氣는 두려움을 담는 용기容器다. 용감한 사람은 두려움이 없는 사람이 아니라 두려움을 품고 나아가는 사람이다. 그렇게 공포에 머물지 않는 사람이다. 두려움이 없어 용기를 내는 깃이 아니라 두려움을 담아내기 위해 용기를 내는 것이다.

섬마다 반짝이는 생의 빛을 들여다본다. 하늘에 몇 개의 별뿐이다가 이내 펼쳐지는 별의 길. 고요한 바다 위를 따라 밤의 중심으로 미끄러져 들어간다. 밤의 중심으로 들어갈수록 늘어나는 별빛들. 일렁이는 물결에 생을 비춰본다. 흔들리는 배에 몸을 맡겨본다. 별빛에 몸을 맡기고 바람에 마음이 흩날리게 내버려둔다.

스물넷이 되어서야 자전거를 배웠다. 서른아홉이 되고서야 비행기를 처음 타보았다. 이제야 할 일을 찾았다. 넘어지지 않고 배울 수 있는 것은 없었다. 잃지 않고 그리워할 수 있는 것도 없었다. 두 번 다시 볼 수 없게 된 사람들이 남긴 것은 아픔이 아니라 그리움이었다. 더 빛날 수 있었을지도 모른다. 하지만 훨씬 빗나갈 수도 있었던 생이었다.

새벽 네 시, 너무 늦은 때란 없다. 늦은 새벽은 없다. 아침이다가온다. 밤은 깊어갈 뿐이고, 생은 익어갈 뿐 늦은 때란 존재하지 않는다. 삶은 이전도 이후도 아닌 이곳에 있다. 아름다운 모든 것들은 어둠 속에서 피어난다.

오해는 해석이다

길에서 마주치는 사람들이 보기엔 글을 쓰기는커녕 책 한 줄도 읽지 않을 운동 중독자쯤으로 보일 거다. 편집자나 출판사 대표가 원고와 이름만 보고 여성작가로 오해하기도 한다. 이러한 오해들을 즐기며 산다. 혈기왕성한 때에는 오해받을 때마다 일일이 분개했다. 해명하려 했고, 즉각적으로 반박했다. 지금은 누군가 오해해도 그리 신경 쓰지 않는다. 타인이 어떻게 보건 나의 본질은 훼손되지 않는다.

오해들을 받아들여 나를 분석하는 재료로 사용한다. 세상의 오해들에 일일이 반박할 필요는 없다. 예민하게 반응할 필요도 없다. 다양한 해석을 소화시켜 나를 키울 수 있다. 나를 잘 알지 못한다면 보이는 부분에 대해서만 이야기하는 것이 당연하다. 잘 안다 해도 내가 보여주고 있는 것이 그것뿐일 수 있다. 보이는 모습이 스스로 보이려 했던 모습과 다르다고 실망할 필요 없다. 오해는 여러 방향에서 나를 비추는 거울이다. 거울에 비치는 모습을 가다듬어 자신을 돌아볼 수 있게 해준다.

스스로를 오해하는 경우도 많다. 있는 그대로의 나를 봐주길 바라면서도 정작 스스로 있는 그대로의 자신을 인정하지 않는 경우도 빈번하다. 오해는 스스로를 비하하거나 기만하지 않게 도와준다. 자신을 꿰뚫어보는 완벽한 정의가 있다면 우리는 만족할 수 있을까. 오히려 두려움을 느낄 것이다. 존재는 한정되어 버릴 것이다. 오해는 스펙트럼을 넓게 만든다. 오해는 존재를 확장시켜 준다. 보이는 모습과 보여주고 싶은 모습의 간격. 보여주고 싶었던 아쉬움과 결코 보여주지 못할 두려움을 극복하면서 우리는 성장한다.

타인이 보는 나의 모습은 변화무쌍하다. 어떤 시기를 함께 했는지에 따라, 어떤 상황에 있었는지에 따라, 어떤 모습을 보이려 했는지에 따라 달라진다. 우리의 사유는 시야에 의해 한정된다. 달의 뒷면을 영원히 볼 수 없듯이 우리는 자신의 이면을 보지 못한다. 타인의 이야기를 통해 우리는 자신의 뒷모습을 상상할 수 있게 된다. 맘에 드는 평가만 듣는다고 좋아할 일이 아니다. 맘에 들지 않는 판단이라도 어떻게 사용하느냐에 따라 생의 연료가 될 수 있다.

존재는 평판에 의해 규정되지 않는다. 평판은 우리가 써야 할 재료에 불과하다. 타인의 오해는 나를 규정하지 못하며 자신을 이해할 수 있는 단서에 불과하다. 적어도 우리는 자신의 팔다리를 볼 수 있다. 스스로의 행동을 느낄 수 있다. 우리는 행동을 지속하며 변화할 수 있다. 타인의 오해마저 양분으로 삼을 수 있다. 적어도 내가 가진 표정보다 많은 내가 있다. 최소한 내가 가진 감정보다 다양한 내가 있다. 오해는 나에 대한 다양한 해석이다. 해석에는 진실과 거짓이 혼재한다. 거짓은 관계를 바로세우고, 진실은 존재를 바로 세운다.

진실이 마음에 들지 않는다고 해서 생을 위해 쓸 수 없는 것은 아니다. 사랑하는 사람에게 차갑다는 말을 들었고, 처음 만나는 사람에게 따뜻하다는 말을 듣기도 했다. 어떤 이는 신사적이라 말하고, 어떤 이는 거친 면이 있다고 한다. 어떤 이는 남자답다고 하고, 어떤 이는 섬세한 사람이라 한다. 아마 그 사이 어딘가에 사람답게 살아갈 수 있는 해답이 있겠지. 양 극 사이에서 자주 헤매겠지만 그만큼 삶을 놓을 장소는 넓어지겠지. 그들이 보는 일면들에는 나름의 진실이 깃들어 있다.

마음에 들지 않는 진실이라고 반박하거나 마음에 드는 진실이라고 속박될 필요 없다. 나름의 진실을 나를 위해 쓰면 된다. 우리의 사유는 시야에 의해 한정되지만 타인의 시선마저 양분으로 삼은 진정한 사유는 영혼을 자유롭게 한다. 진실은 하나가 아님을 안다. 타인의 시선에도 나름의 진실이 담겨 있다. 과거에는 그때의 진실이 있었다. 지금은 지금의 진실이 있다. 우리 모두는 각자의 이야기를 쓰고 있다. 타인의 읽음을 양분 삼아 스스로를 기르고 진실된 생을 써나가면 된다.

행성

철저히 망가졌던 스물넷에는 그때까지의 삶이 힘들어 더 이상 버틸 힘이 없었다. 지독히 망가졌던 서른둘에는 그때부터의 생을 견딜 자신도, 앞으로 살아갈 이유도 없었다. 그래도 스물넷의 그가 저질렀던 행동이 어리석다 여기지 않는다. 서른둘의 그가 한 판단이 잘못됐다고 생각하지 않는다. 그들이 모여 나를 이뤘다. 생을 잇는 무언가가 되었다. 그렇기에 완전한 혼자가 될 수 없었다. 무너져도 계속 쓰러져 있을 수 없었다.

한때 내 것이라 생각했던 물건들은 사라지고, 한때 내 사람이라 여긴 인연들이 멀어졌지만, 한때 나였었던 존재들은 생을 이루는 부분이 되었다. 나의 행성을 이루는 생명이 되었다. 스물넷의 절망을 견디고 난 후에 일생 잊지 못할 사랑을 했고, 서른둘의 절망을 버티고 난 후에 여생을 이어갈 꿈을 꾸게 되었다. 물론 고통은 겪지 않았으면 좋았을 거다. 하지만 고통을 느끼는 것은 영혼이 살아 있기 때문이다. 죽을 것 같은 고통은 흔하지만 사람을 죽일 수 있는 고통은 흔치 않다. 해가 더해질수록 행성의 구성원은 늘어난다. 나를 응원하는 지지자가 매년 한 명씩 늘어난다.

한동안 아파 몸을 제대로 가누지 못했다. 물을 마시거나 화장실을 가기 위해 바닥을 기느라 무릎이 까져도 비참하지 않다. 비참해할 여유 같은 건 없다. 이불조차 정리하지 못하고, 설거지거리는 계속 쌓여간다. 혼자 사는 집은 스스로 치우지 않으면 엉망진창인 채로 남아 있다. 매일 쓸고 닦던 집이 지저분해질수록 몸은 조금씩 회복된다. 몸이 낫고 나면 할 일이 듬뿍 있어 좋다. 걱정이 태산이었던 내게 배웠다. 모든 것을 짐으로 여겼던 내게 배웠다. 항상 모든 것을 책임지려 했던 내게 가르쳤다. 상황은 원하는 대로 풀리지 않고, 사건은 뜻하지 않은 곳에서 일어난다.

그럼에도 아직 살아 있다. 그거면 충분하다. 지금까지의 생이 스스로를 억누르지 않게 한다. 앞으로의 날이 자신을 구속하는 짐이 되지 않게 한다. 지금까지의 나는 그들이 되었고, 지금부터의 나는 생이 될 것이다. 두려울 것 없다. 그래도 두려워질 때면 한해살이 풀꽃처럼 그렇게 되뇐다. 이 나이 먹도록이란 말 대신 이제 생이 시작되었을 뿐이라고. 앞날이 얼마 남지 않았단 생각 대신 아직 가보지 않은 길에 대해 생각하기로 한다.

유래 없는 지명이 어디 있고, 사연 없는 생이 어디 있을까. 어쩌다 여기까지 온 걸까 생각들 때도 있지만 그래도 여기까지 오기로 한 건 스스로의 선택이었다. 생각한 대로 사는 기쁨도, 생각지 못한 즐거움도 생의 일부일 테지. 꽃이 피는 즐거움과 열매를 맺는 기쁨이 다르지 않은 것처럼. 끝이라고 별 거 없다. 특별했던 모든 것들은 길 위에 있었다. 주어진 날들을 담담히 걷는 것 외에 욕심낼 만한 것은 없다. 한해살이 풀꽃처럼. 그렇게.

계절과 춤추다

아침에 일어나니 더위가 한풀 꺾여 가을 냄새가 난다. 이렇게 일 년이 지나가는 건가, 조금 쓸쓸한 마음이었다. 정오 즈음해서 연초에 계약했던 출판사에서 연락이 왔다. 분량을 조절하고 강조하고 싶은 부분이 있으면 알려달라는 내용이었다. 집으로 돌아와 일했다. pdf 파일이란 걸 처음으로 사용해봤다. 항상 한글 파일로 작업하던 터라 다룰 줄 모른다. 시행착오를 겪으며 몇 시간을 날렸다. 더듬더듬 프로그램 사용법을 익혔다. 가지만 쳐내는 간단한 작업이었지만 다시 한 번 다듬을 기회라 생각하고 집중한다. 예전 원고를 보면 낯부끄러워질 거라 예상했다.

하지만 이게 웬걸, 그때에는 그때의 맛이 있다. 그때만 쓸 수 있는 멋이 있었다. 분명 내가 했던 말인데도 새로운 맛이 난다. 즐거워진다. 대충 식은 밥 한 공기를 먹은 것 외에는 화장실 가는 것도 참아가며 작업했다. 작업할수록 신이 났다. 그 시절에는 그 시절의 생이 있고, 지금은 지금의 생이 있다. 각자의 생이 어우러지고 또 따로 노는 장단에 신명이 절로 났다. 타인과 내가 각자 어우러지고 또 따로 노는 것과 다를 바가 없었다. 전국을 떠돌아다니는 그때의 나를 따라다니며 즐거웠다. 그래 여기에서 이랬지. 이때는 이런 생각을 할 수 있었네. 반갑고 또 그리웠다. 한해살이 풀꽃처럼 살아갈 마음이 이때부터 씨앗이 뿌려져 있었구나. 지금부터 살아갈 생도 다르지 않겠지.

작업을 마치고보니 새벽, 늦은 새벽이라 해야 할까, 이른 새벽이라 해야 할까. 어떻게 부르면 어떤가. 감사한 새벽이면 족하다. 생에는 늦은 때도 이른 때도 없다. 어떻게 받아들이는가에 모든 것이 달려 있다. 무엇을 주는지는 정할 수 없어도 어떻게 받을지는 내가 정한다. 그러고 보니 오늘이 8월 21일이다. 그 사람을 만나 연인이 되었던 15년 전의 나, 전국을 여행하며 홀로 살아갈 용기를 찾던 나, 괴로움에 흔들리던 날의 나, 글을 쓰며 즐거워하는 내가 모두 모여 춤을 춘다. 15년은 짧지 않은 시간이다. 여드름 난 중학생이 서른 살 남자가 된다. 스물다섯 결혼을 꿈꾸던 직장인이 작가가 된다. 마흔다섯 중년의 남자가 환갑을 맞이한다. 본질적인 것은 단 하나. 각자의 한 해가 모두 내 것이었는가 그것뿐이다.

어쨌든 내가 걸어온 길이다. 앞으로 남은 모든 여름을 뜨겁게 살아내리라. 모든 가을을 감사히 맞이하리라. 세상을 놀래키려면 특별한 재능이 필요하지만 생을 놀라운 것으로 만들기 위해서는 그저 시작하기만 하면 된다. 시작이 반이라 하는 이유는 최소한 아직 모든 것이 끝난 게 아니란 사실을 깨달았기 때문이다.

지금 내 앞에는 두 개의 계절이 춤추고 있다. 생이 각자의 순간이 어우러져 벌이는 축제임을 알겠다.

길을 잃은 적은 한 번도 없다

어처구니없을 정도의 길치다. 길을 자주 잃는다. 여행 중에는 답도 없었다. 여행 초기에는 표지판도 제대로 볼 줄 몰랐다. 오른쪽 왼쪽 중 어느 한 쪽을 고르면 십중팔구는 잘못된 방향이었다. 한참을 가서야 결국 틀렸다는 걸 깨닫고 원래 지점으로 돌아올 수 있었다. 나중에는 원래 판단과 반대 방향을 선택해 보기도 했는데, 신기하게 그렇게 해도 틀린 방향이었다.

지금도 길을 익히는데 남들보다 훨씬 많은 시간을 필요로 한다. 매일 같은 길로 다니며 확실해지면 한 골목씩 다른 길을 익혀나간다. 쭉 그렇게 살아오다보니 불편함은 느끼지 않는다. 그렇게 발품을 팔아 익힌 길은 몸이 기억한다.

남들처럼 영민하게 방향을 설정하지 못한다. 대신 방향을 잃어도 견뎌내는 힘을 기를 수 있었다. 지름길이 아니라도 좋다.

평탄한 길이 아니라도 좋다. 좀 헤매도 괜찮다. 보는 눈은 없어도 버티는 다리 힘은 자신 있다. 십수 년을 소모해 겨우 제자리로 돌아왔으면 어떤가. 이것이 내 삶의 방식이다.

효율적이진 못해도 포기하지 않는다. 먼 길을 돌아왔지만 그것이 삶이다. 아마 앞으로도 길을 잃고 방향을 찾지 못하는 일이 잦을 것이다. 그러나 두렵지 않다. 익숙한 것을 두려워하는 사람은 없다. 더 이상 오른쪽 왼쪽 어느 방향이 옳은 길인지 생각하지 않는다. 어느 쪽이 가보고 싶은 길인지 물을 뿐이다. 어떤 길을 가게 되건 감당해낼 것을 믿는다.

저쪽 길로 갔다면 좀 더 나은 생을 살 수 있지 않았을까, 어린아이처럼 투정부리지 않는다. 저쪽에는 저쪽 나름의 고통이 있었을 거다. 이쪽 길을 택했기에 그나마 이렇게 살아남은 것일 수도 있다. 경우의 수 따윈 생각하지 않는다. 선택한 길에 집중한다.

길은 이어져 있다. 선택권은 내게 있고, 책임질 각오도 되어 있다. 여행에서 얻은 가장 소중한 지혜는 어디로 가건 틀린 길은 없다는 사실이다. 경주에서 길을 잃으면 어디든 유적지였다. 제주에서 길을 잃으면 어디든 바다였다. 다른 도시라도 다를 것 없었다. 잘못된 길을 선택해 엉뚱한 곳에 도착하는 것도 여행이었다. 조금 다른 풍경을 보게 될 뿐 틀린 길은 없었다.

삶은 본질적으로 여행이다. 생에서 길을 잃는 일은 없다. 선택한 길을 믿지 않았을 뿐이다. 스스로 선택한 삶을 사랑하지 않았을 뿐이다. 길은 여전히 내 안에 있다. 지금까지 선택한 길은 한 번도 틀린 적 없다. 그때 다른 길을 선택했다면 더 지독한 꼴을 당했을지도 모른다. 모든 길을 달려 여기까지 왔다. 아무도 다치게 하지 않고, 누구도 죽이지 않은 채 무사히 살아남아 여기에 있다.

그것이 얼마나 지난한 일인지 생각해보면 축복까진 아니어도 최소한 다행이라 여길 순 있을 테지. 여생은 여행이 될 것이다. 경험이 많으니 실수 같은 건 하지 않는다는 생각은 해본 적 없다. 간혹 뜨겁게 데이는 일이 있어도 맛보아야 한다. 어쨌든 길을 잃어봤자 지구 안이고, 길을 찾지 못해도 언제나 생의 한가운데에 있다는 사실만 잊지 않으면 된다.

좌우가 아닌 전후를 기준으로 판단하라

당신보다 조금 나은 왼편의 사람, 당신보다 조금 모자란 오른편의 사람, 당신과 같은 라인에 서 있는 사람과 당신을 비교해도 달라지는 건 없다. 당신 곁의 사람들에게 점수를 매긴다고 당신의 가치가 올라가는 일은 없다. 좌우를 살피는 만큼 타인에게 좌우되는 삶을 살게 된다.

당신이 무언가를 하기 전과 후를 비교하는 삶을 살아야 한다. 당신이 원하는 무엇이라도 좋다. 나무는 옆을 보며 자라지 않는다. 하늘을 향해 가지를 뻗으며 성장한다. 실패와 성공에 연연하지 마라. 성공하면 하늘에 가까워질 것이고, 실패하면 뿌리를 뻗어 좀 더 깊어질 것이다. 어느 쪽을 향하든 당신은 성장하지 않을 수 없다.

타인을 기준으로 삼는 일은 무의미하다. 성장을 멈춰버린 사람이라면 따라잡을 가치가 없고, 계속 나아가는 중이라면 현재의 비교는 무의미하다. 성장의 기준은 지점이 아니라 전진하는 행위 자체에 있다. 경쟁해야 할 대상은 어제의 자신뿐이다. 목표로 해야 할 장소는 내일의 내가 서 있는 곳이다.

내가 확신하는 것은 하나뿐이다. 나를 이끄는 가장 강력한 힘이 스스로에 대한 불신이라는 사실. 네가 해낼 수 있겠냐고, 고작 이 정도가 너의 한계라고 스스로를 도발한다. 이곳이 한계임을 인정하지 않으려 노력한다. 여기에 머무르지 않으려 애쓴다. 매일 도발을 반복하고 불신에 맞선다. 지루할 정도의 반복을 계속하며 경계를 밀어낸다.

한계를 넘나들며 마음에 무언가가 쌓여간다. 불신이 만들어낸 확신이 축적된다. 강한 믿음은 불신을 이겨낸다. 시련을 이겨내지 않은 믿음은 공허하다.

자신을 평가하지 않는다

타인이 제멋대로 쏟아내는 소문들이 온당치 않다 생각하면서도 소문에 휩쓸린다면 자존감을 배우지 못한 것이다. 그러면서도 타인을 판단할 수 있다고 생각한다면 겸손을 배우지 못한 것이다. 타인을 완전히 이해할 수 없는 것처럼 자신을 객관적으로 판단하는 일도 불가능하다. 세상에 백 퍼센트 효율을 이끌어내는 엔진이 존재하지 않듯이 온전하게 마음을 그대로 전달할 수 있는 언어도 없다. 말을 아끼고 침묵을 감당하라. 침묵을 감당하는 만큼 영혼은 깊어진다.

우리는 완벽하지 않은 세상에 머무는 미완의 존재에 불과하다. 타인을 판단하지 말고, 자신을 평가하지 마라. 말을 믿지 말고 다만 행동하라. 몸은 거짓말을 하지 않는다. 거짓된 말에 현혹되지 말고 행동으로 대하라. 그러면 어떤 말에도 흔들리지 않게 될 것이다. 언어를 사용하지 않고도 공감하는 방법을 배우게 될 것이다. 거짓된 말을 쓸 필요는 사라지고, 있는 그대로의 마음을 나눌 수 있게 될 것이다.

진실된 말을 거듭하면 진실된 몸짓을 알아낼 수 있는 마음의 눈이 열린다. 인간은 본능적으로 자신과 같은 종류의 인간에게 끌리기 마련이다. 진실되게 살아간다면 진실된 사람들이 당신 곁을 지키게 될 것이다. 평가와 판단은 나의 바깥에서 일어나는 일이다. 바깥에서 일어나는 일은 존재의 근원에 닿지 못한다. 내면에서 일렁이는 이해와 사랑에 집중해야 한다.

타인을 사랑하고, 자신을 사랑하라. 세상을 이해하고, 타인을 이해하라. 당신의 생을 위해. 이해하고 사랑하되 드러낼 필요는 없다. 샘물이 가득차면 넘치게 되는 것처럼 당신의 행동에 이해가 스며들어 있고 사랑이 배어 있을 것이다. 부조리한 평가에 흔들릴 필요 없다. 부정확한 판단에 괴로워할 필요 없다. 스스로를 확신하는 사람을 흔들 수 있는 것은 자신뿐이다. 우리는 타인과의 관계를 통해 성장하지만 관계는 존재를 대신해줄 수 없음을 알아야 한다.

불행으로 자신을 증명하지 말자

스스로의 불행으로 자신을 드러내는 사람들이 있다. 나 역시 그런 사람이었고, 지금도 완전히 벗어났다고 확신하지 못한다. 그러나 불행으로 나를 증명하지 않으려 애쓰고 있다. 지금껏 겪어온 불행은 나의 정체성을 이루게 해준 수단이지 목표가 아니다. 직장에서 겪은 고충도, 육아에 지친 일상도, 선천적으로 주어진 육체의 고통도, 세월에 의해 겪게 되는 서글픈 노화도 당신을 규정할 수 없다. 규정하도록 용납해서는 안 된다.

이런 불행도 겪어보지 못했다면서 타인을 비난해서는 안 된다. 불행을 당신의 판단 근거로 삼아서는 안 된다. 생에서 고통과 불행은 피해갈 수 없다. 우리는 무수한 불행을 견디고, 고통을 버텨내야만 한다. 그러나 우리가 불행을 목적으로 사는 것은 아니다. 불행은 살면서 넘어야 할 장애물일 뿐 우리가 목표로 한 생의 풍경이 될 수 없다. 견디고 버텨내면서 마음 안에 생겨난

긍지가 당신을 증명한다. 무엇을 위해 불행을 감당했는지, 그것으로 생을 평가해야 한다.

불행에서 벗어나기 위해 집중해야 한다. 당신이 사랑한 것들로, 당신이 이겨낸 것으로 당신을 설명해야 한다. 부디 생의 불행으로 당신을 드러내려 하지 않기를 바란다. 불행은 말로 가벼워지지 않는다. 지금 자신의 불행이 무엇을 위해서인지 생각할 때다. 가족, 꿈, 미래 어떤 이유라도 상관없다. 당신이 기꺼이 불행을 감당할 만한 이유라면 어떤 생이라도 정당하다. 만약 당신이 이해할 수 없는 이유라면 떨쳐낼 능력이 당신에게 있음을 잊지 말라.

불행은 외면할 수 없다. 그러나 불행이 당신을 증명할 수 없다. 불행과 당당하게 마주하라. 지금껏 그래왔듯이, 지금껏 모든 불행을 버티고 살아남았듯이 당신은 이겨낼 수 있다. 당신을 증명하는 것은 지금껏 이겨낸 승리의 기록이다. 지금까지의 불행을 견디고 살아남은 당신은 생각보다 훨씬 강한 사람이다.

조금 늦어도 괜찮다

조금 늦으면 어떤가. 스스로 감당할 수 없는 속도로 달린다면 자주 넘어지고, 그보다 자주 길을 잃을 것이다. 쉽게 지치고 고통스러울 거다. 남들의 뒤꽁무니만 쫓으니 즐겁지 않을 수밖에. 타인의 리듬에 맞추려 애쓰니 숨이 차고 지칠 수밖에. 마음이 납득할 수 있는 속도로 걸어야 한다. 스스로 감당할 수 있는 것만 담아야 한다. 세월의 흐름에 몸을 맡기되 생의 흐름은 스스로 선택해야 한다.

언제 저기에 닿을 수 있을지 고민하지 말자. 언제 여기까지 와버렸을까 후회하게 된다. 아무리 서둘러도 생이 닿게 될 곳은 죽음뿐이다. 누구나 뜻하지 않게 생을 시작하고, 뜻하지 않게 세상을 떠나게 된다. 생을 걷는 것은 살아있던 시간을 무덤에 넣는 일이다. 서두르지 말고 천천히 걷자. 우리가 통제할 수 있는 것은 생의 시작과 끝 사이의 길뿐이다. 일찍 목표를 이룬다면 생은 의미를 잃을 것이고, 목표를 이루지 못한다면 생은 무의미해질 것이다. 목표가 아닌 목적을 생각하자. 살아갈 이유에 대해 생각할 시간 정도는 있어야 길을 잃지 않는다.

세상의 변두리에서 살아도 괜찮다. 남보다 뛰어나지 않아도 괜찮다. 누구에게도 거짓을 말하지 않고, 스스로를 속이지 않고 살아갈 수 있다면 충분하다. 아름답지 않아도 생은 노래가 된다. 스스로에게 가격을 매기지 않고 살아간다면 생은 가치를 따질 수 없게 되리라. 나마저 사랑하지 않는다면 나의 생을 사랑할 사람은 아무도 없을 것이다.

멀리 보지 않는다. 모두 듣지 않는다. 가까운 것을 살피고 들은 것 중 마음에 들일 것을 가린다. 흔들리는 초를 다루듯이 조심스럽게, 귀한 분을 맞이하듯 정성스럽게, 시를 적어 내리듯 경건하게 자신의 시간을 다루어야 한다. 자신의 시간을 타인과 맞출 필요는 없다. 우리 모두 각자의 시간을 산다. 타인과 시간을 맞추지 못한다고 잘못된 건 아니다. 자신이 살아야 할 시간대로 돌아와야 할 뿐이다. 그저 자신의 하루를 살아가면 그뿐이다.

주행성 인간이면 어떻고, 야행성 인간이면 어떤가. 태양의 주위를 도는 행성들이 각자의 주기를 갖고 있듯 우리에게도 각자의 시간이 있다. 우리 모두는 행성이다. 빛나지 않으면 어떤가. 항성이 아니면 어떤가. 항성은 생명을 만들 에너지를 지녔으나 생명이 깃들 장소가 되지 못한다. 누군가의 위성으로 살지 않는 것만으로도 충분하지 않은가. 생의 질량이 충분하다면 생활의 리듬은 우아한 곡선을 그려낸다.

답장

누군가 만나고 싶다 생각한 것이 오랜만이다. 축하할 일이 생긴
것도 오랜만이다. 원고를 완성했다. 오늘 출판 계약서에 사인했
다. 간만에 맛있는 걸 먹고 싶었다. 모처럼 사람을 만나고 싶었
다. 친구를 만나기 위해 통영으로 갈까, 아니면 가족을 보러 부
산으로 갈까 고민했다. 문득 네가 생각났다. 아무나 만나고 싶
지는 않았다. 아무나 만날 바에야 혼자가 낫다. 오늘 뭐하냐고
물었고, 너는 약속이 있다 했다. 다음에 보자는 말을 하고 자
축하기 위해 마트에 들렀다. 장을 보고 있을 때 네게 연락이 왔
다. 약속이 취소되었다고 오늘 아직 괜찮으냐고 물었다. 너라면
언제든 괜찮다. 서둘러 집으로 돌아와 물건을 정리하고 곧바로
나왔다. 편의점 앞 벤치에 앉아 기다리던 너에게 오렌지 두 알
을 건넸다. 가게로 들어가 맥주를 나눠마셨다. 서로 어떻게 지
냈는지 이야기했다. 사실 오늘 출판 계약을 했다고 말했다. 너
는 기뻐해주었다. 너는 취업 소식을 전했다. 너를 보는 것만으

로 좋은 날이었다. 네게 축하할 일이 생기니 특별한 순간이 되었다.

우리는 즐겁게 이야기를 나눴다. 미드미국 드라마에 대해 이야기 나눴고, 함께 한 추억을 이야기했다. 다른 사람과는 할 수 없는 이야기라며 우리는 즐거워했다. 더할 나위 없는 날이었다. 어린 네가 친구처럼 편안했다. 그날 저녁 너는 친구였다. 그처럼 편안한 순간이 많지 않았다. 네가 준 선물을 들고 집으로 돌아왔다. 상자 안에 들어있던 엽서에 온기가 배어 있다. 깊은 배려에 감사한다는 너의 말에 답한다. 배려해주고 싶은 사람이라 고맙다. 즐겁게 해주어 감사하다는 말에 답한다. 너를 만나는 날마다 즐겁지 않은 적이 없었다. 통영에 오면 만나줄 거냐는 말에 답한다. 우리 집 안방을 기꺼이 내어주마. 너는 잘해주어 고맙다고 하지만 잘해줄 수 있어 기쁘다. 아껴주어 힘이 된다 하지만 아직 아낄 것이 남아 있어 힘이 난다. 연락해주어 고맙다 하지만 생각이 나주어 고맙다.

마흔이 되고서야 나이에 상관없이 친구를 사귀게 되었다. 성별을 신경 쓰지 않고 만날 친구가 생겼다. 네 말대로 우린 새로운 장소에서 새로운 날들을 살아가게 될 것이다. 힘든 일도, 외로운 날도 있겠지. 그러나 우리는 친구다. 내게 그렇듯이 네게도 그 사실이 힘이 되길 바란다. 성공해서 보답하거나 잘된 후에 은혜 갚을 필요 없다. 너를 만난 것이 생의 응답이고, 네가 잘 지내는 것이 축복이다. 멀어진다고 생각하지 않았으면 한다. 우리 앞에 새로운 날들이 펼쳐질 거다. 조금 밀리 있다고 마음까지 멀어지는 일은 없을 거다. 이따금 쓸쓸해지면 이렇게 먼 곳에도 너를 아끼는 누군가가 있다는 걸 떠올리길 바란다.

오늘 여기에는 선선한 저녁 바람이 분다. 네 발 자전거를 타는 아이의 웃음소리가 바람에 날린다. 초록 여름의 냄새가 난다. 네가 있는 곳에도 기분 좋은 바람이 불길 바란다. 좋은 일만 가득한 하루는 없을지라도 반짝이지 않는 날은 하루도 없다. 반짝이는 것들을 놓치지 않기를 바란다. 집으로 돌아오는 길 가로등 불빛 외에는 기다리는 이 하나 없는 날이 있더라도 마음을 나눈 이들은 너를 빛나는 사람으로 기억하고 있음을 잊지 마라. 계절은 지나가도 꽃은 다시 피어난다. 사람은 흘러가도 마음은 다시 피어난다. 계절은 먼 길을 돌아 네게 돌아온다. 사랑은 먼 길을 돌아 추억이 된다.

행복이 형태를 갖는다면 비눗방울 모양이 아닐까. 가볍고 반짝이는, 연약하고 덧없는, 그래서 소중한 행복이다. 손으로 쥘 수 없는 행복을 느끼길 바란다. 소유할 수 없는 행복에 취하길 바란다. 머리칼을 넘기는 바람에 잠시 머무는 것들을 놓치지 않기를. 붙잡을 수 없지만 느낄 수 있는 것, 사라지지만 분명 존재하는 행복을 놓치지 않길 바란다. 다시 만날 때까지 안녕히.

너를 만나는 날마다 즐겁지 않은 적이 없었다.

정적을 견디는 법

예전에는 정전이 잦았다. 적어도 우리 동네에서 단수나 단전은 흔한 일이었다. 물이 끊기기 전에 미리 물을 받아두는 일은 일상이었다. 전기가 끊기는 것은 예고될 때도 있었고, 갑작스러울 때도 있었다.

다른 지역의 사람들도 자주 그런 일을 겪었는지는 알 수 없다. 어릴 때는 남의 집에 갈 일이 많지 않다. 전기가 끊기는 것은 우리 집만 그럴 때도 있었고, 동네 전체가 어두워질 때도 있었다. 손전등을 들고 나가 어둠 속에 잠긴 동네를 보면 왠지 모두 공평해진 것만 같았다. 손전등을 밤하늘에 비추면 닿을 것만 같았다.

촛불이나 손전등을 준비해두지 않은 집은 없었다. 휴대폰 같은 건 없었다. 촛불을 밝히면 좁은 단칸방이 신비한 이야기 속에

자신 안의 빛을 찾아내기 위해 내면의 소리를 듣는다.

나오는 동굴이 된 것 같아 기뻤다. 학교가 정전되었을 때는 왠지 신이 났다. 대체로 비가 오는 날에 정전이 되곤 했다. 무서운 이야기를 주고받으며 놀았다. 교내방송이 나오면 정전인데 어떻게 방송이 나오는지 이야기하며 즐거워했다.

정전, 지금은 비일상적인 일이 그때는 비일비재했다. 옛날이 좋았다는 건 아니다. 요즘 세대에 대해 불평을 늘어놓으려는 것도 아니다. 지금 살아 있는 모두가 요즘 것들이니까. 다만 우리가 잃어버렸지만 아직 찾을 희망이 있는 것에 대해 생각한다. 과거에는 있었지만 지금은 잊고 사는 것에 대해 생각한다. 우리에게 필요한 정적에 대해 생각한다.

세상은 발전했다. 밤에도 세상은 빛으로 가득하다. 하루 안에 정적이 깃들 시간이 없다. 전화와 메시지, 텔레비전과 라디오, 스마트폰 덕분에 우리는 서로 이야기할 시간을 잃어버렸다. 고요 속에 몸을 맡기는 방법을 잊어버렸다. 잠들기 전까지 우리는 빛에 노출되어 산다. 너무 많은 소리에 시달리며 산다.

가끔 마음에도 정전이 필요하지 않을까. 저녁 무렵 불을 끄고 창밖을 바라보거나 촛불을 켜고 일렁이는 빛을 바라보는 시간이 우리에게 필요하다. 이따금 어둠 속에 잠겨야 한다. 온갖 소리에 지친 몸을 정적에 씻어내는 시간이 필요하다. 어둠 속에 침잠하기 위해서가 아니라 자신 안의 빛을 찾아내기 위해서다. 고요에 귀를 기울이고 내면의 소리를 듣기 위해서다.

어둠 속에서만 정적을 찾을 수 있는 것은 아니다. 산 속으로 들어가면 살아 있는 것들의 소리로 가득 차 있으나 생명은 고요함의 자리를 침범하지 않는다. 강물과 숲, 호수와 바다도 마찬가지다. 자연은 생명의 소리와 정적을 모두 품을 만큼 넉넉하다. 자연은 스스로 그러한 것을 이른다. 자신에게 스스로 그러한 상태를 허락해주는 일. 오늘 하루 감사했던 일을 되새긴다. 진정 내 안에 들여야 할 것은 무엇인가 생각한다. 마음에 담을 것과 버릴 것을 정리한다.

마음 안에 담아야 할 건 이미 지나간 것들이다. 이제는 향기만 남은 것들이다. 소망을 상자 안에 가두지 않겠다고 다짐한다. 상처받지 않으려 실현될 수 없는 꿈을 가두는 일을 그만두기로 한다. 끝내 삶마저 가두기 전에 멈추기로 한다. 생각하되 생각에 갇히지 않는다. 소망하되 소망에 집착하지 않기로 한다. 생이 상자 안에 갇힌 유해가 되어버리기 전에.

고요 속에서 무수한 일이 일어난다. 잡념을 씻어내고 내게 필요한 것을 얻는다. 어둠 속에서 시간은 천천히 흐른다. 타인과 분리된 시간 속에서 자신만이 오롯하다. 스스로에게 부여한 밤의 정적, 고요함에서 평화가 흘러들어올 때까지. 가만히.

환절기

겨울에서 봄, 봄에서 여름, 여름에서 가을. 어느새 가을이다. 해마다 네 번 환절기를 겪는다. 두 개의 계절이 공존하는 하루들은 몇 배나 근사해진다. 환절기에는 너그러워진다. 겨울에서 봄으로 건너오는 무렵의 극적인 전환이 좋고, 하늘하늘한 봄의 허리를 와락 껴안는 여름의 박력도 좋다.

지금은 여름과 가을이 함께 어울려 춤춘다. 낮에는 매미 노래에 맞춰 여름이 마지막 정열을 불태운다. 밤이면 귀뚜라미 노래에 맞춰 가을바람이 방 안으로 스민다. 하나의 계절만 존재하지 않고 두 계절이 사이좋게 지내는 이 시기의 평화는 황홀하다.

어느새 가을, 사람들은 얼마 남지 않은 한 해를 생각하며 덧없어 한다. 덧없음은 쓸쓸함이 된다. 한 해가 얼마 남지 않았다면 생에는 얼마만큼의 시간이 남아 있을까. 생을 일 년이라 치면

낙엽이 질 때마다 생은 짙어진다.

아마 지금 시기쯤이 아닐까. 열정과 공허 사이의 어딘가에 서 있을 테지. 마흔 번의 봄과 여름, 서른아홉 번의 겨울을 지나 여기까지 왔다. 남아 있는 계절이 몇 번일지 가늠할 지혜가 내게는 없다. 지나온 계절들은 저마다의 추억을 지닌 채 제자리에 서 있다. 마흔 번의 생을 살았음을 이제 알겠다.

환절기의 환換은 바뀌고 교체된다는 말이다. 절節은 식물의 마디를 뜻한다. 기期는 기약하다, 바라고 기대한다는 뜻이다. 살아온 마흔 해는 마흔 번의 환생이었다. 해마다 달라졌다. 해마다 다른 생을 살았다. 한 번도 같은 삶은 없었다. 계절이 바뀔 때마다 대나무 마디가 자라듯 무언가를 상실했고, 상실을 통해 성장했다. 잃어버린 것들은 빈 마디마다 추억을 남기고 떠났다. 떠난 것들은 다가온 무언가에 자리를 내어주었다.

처음 마주하는 가을 앞에서 설렌다. 떠나가는 여름에게 감사 인사를 보낸다. 기온이 떨어지며, 가을은 깊어진다. 낙엽이 질 때마다 생은 짙어진다. 여름의 뒷모습을 마지막까지 사랑하다 보내려 한다. 수십 년 간의 한해살이는 모두 근사했다. 내게 남은 계절을 사랑할 이유를 주었다. 탁상 달력에는 네 장의 종이가 남아 있을 뿐이지만 마음 달력에는 120개의 계절이 남아 있다.

하루의 일출과 일몰도 밤과 낮이 공존하는 환절기다. 남은 날이 얼마쯤일지는 기약할 수 없어도 다가올 모든 하루들을 한 해처럼 여기고 살 것은 약속할 수 있다. 이토록 사소하고 찬란한 생애. 선선한 바람. 읽을 만한 책 한 권으로도 일상은 축복이다.

제4장

생은 그저 안아주는 것

순환의 힘

관계를 짓누르는 침묵이 있듯이
존재를 지탱하는 침묵이 존재한다.
침묵의 호수로 걸어 들어가
고요한 강물이 되어 흘러가는 일.
평온한 바다에 머물렀다가
감사의 빗물로 일상을 안아주는 일.

언저리 인생

남쪽 바다. 세상의 언저리에서 살아간다. 사람이 많이 모인 곳은 돌아가고, 소란스러운 장소는 피하며 산다. 이러한 고요함을 원해 왔음을 매순간 느끼며 산다. 세상 언저리에서 살아도 생의 중심에 있다. 풍성하진 않지만 풍요롭게 산다. 축구 경기로 치면 전반전이 끝난 정도일까, 아니면 후반 막바지일까 예측할 수 없다. 그러니 추가시간이 주어졌다고 생각하며 매일을 살아가려 한다.

하루의 일을 생각하고 일주일 이상의 계획은 생각하지 않는다. 그저 계절을 느끼며 산다. 남은 생이 한 해뿐인 것처럼 산다. 지나치게 많은 것들을 계획하거나 먼 미래를 대비하면서 살지 않는다. 주심의 휘슬이 언제 불릴지 모르는 것처럼 그렇게 살아간다. 열심히 하되 서두르지 않는다. 한계에 도전하되 임계점에 도달할 정도로 애쓰지 않는다. 행복이라도 무거우면 짊어지지 않는다.

내게 주어진 모든 것들을 받아들이며 살아간다. 욕심 부리지 않으면 어떤 감정도 조절할 수 있다. 욕심 부리지 않으면 타인을 운전석에 앉힐 필요가 없다. 마찬가지로 분노를 운전석에 앉히지 않는다. 분노는 연료통에 집어넣어 생의 연료로 쓴다. 타인이 어려운 말을 해도 신경 쓰지 않는다. 듣는 사람이 알아듣지 못하게 말하는 이유는 머리가 나쁘거나 의도가 나쁘거나 둘 중하나일 뿐이다.

권태가 찾아오면 즐기면 그만이다. 고통스러웠던 날을 떠올리면 권태 또한 평화의 단면에 불과하다. 단조로움은 아무 일도 일어나지 않았기에 느낄 수 있다. 심심하면 몸을 움직이면 되고, 지루하다면 멈추고 한숨 자면 그만이다. 충분히 열심히 살고 있다. 스스로를 몰아붙이지 않는다. 어차피 사람은 욕망과 권태 사이를 오가는 존재. 어느 한 쪽에 계속 머무를 수 없다.

느긋함에서 행복을 찾는다. 단조로운 일상에 만족을 느낀다. 슬픔도 괴로움도 나를 스쳐 지나가는 감정일 뿐 영혼을 지배할 수 없다. 나만의 처방전을 갖고 있다. 괴롭거나 답답한 일이 있으면 햇살 아래에서 땀을 흠뻑 흘린다. 배가 고파질 때까지 계속

과거와 나 사이에 슬픔을 두지 않는다.

해서. 뭐라도 먹고 싶어지면 충분히 먹고, 하고 싶은 일을 한다. 그래도 풀리지 않으면 매운 떡볶이를 먹고 잔다. 대부분의 스트레스는 사라진다. 그래도 해소되지 않으면 술을 마신다.

술을 마시는 건 일을 잊기 위해서가 아니라 일에 붙어온 감정들을 씻기 위해서다. 푹 쉬고 일어나 일을 해결한다. 슬픔도 마찬가지. 과거와 나 사이에 슬픔을 두지 않는다. 지금의 슬픔으로 미래를 가로막지 않는다. 집착을 내려놓으면 벽은 다리가 된다. 예상치 못한 방식이어야 받아들일 수 있는 건 죽음뿐만이 아니다. 삶도 그러하다. 예상치 못한 일이라도 나만의 방식으로 대응하며 살아가면 그만이다.

생을 즐기며 산다. 천재는 노력하는 자를 이기지 못하고 노력하는 자는 즐기는 자를 이기지 못한다지만, 진정 즐기는 사람은 이기는 것 따윈 신경 쓰지 않는다. 즐기는 사람을 이기지 못한다는 말은 노력하는 자보다 뛰어나다는 뜻이 아니다. 즐긴다는 건 적어도 자신에게 지지 않는 법을 알게 되었음을 말한다. 즐기는 사람은 세상 어디에서도 기쁨을 찾아낼 수 있다.

제철음식을 먹듯 산다

여하튼 먹는 것은 즐겁다. 먹는 것이 나이일지라도 본질은 다르지 않다. 나이 들면서 전에는 몰랐던 재료의 맛을 알아가듯 나이의 맛을 알게 된다. 고기도 먹어본 놈이 맛을 안다. 나이도 먹어본 자가 맛을 안다. 아무리 입을 앙다물고 밀어내도 결국 삼켜야 한다면 거기서 맛을 찾아내야 한다. 아름다운 것만 찾고 고급스러운 재료만 드는 게 미식의 길이 아니다. 모든 재료에서 본연의 맛을 찾아내는 것이 미식의 길이다.

제철음식을 먹듯, 지금 이 순간에 맛이 있어야 한다. 모름지기 먹는 일은 즐거워야 한다. 나이 먹는 즐거움을 이제야 알 것 같다. 세상은 갈수록 맛있어진다. 이제 9월이니 햇감자가 맛있다. 10월에는 꽁치와 고등어에 살이 오른다. 겨울이 되면 과메기 한 번쯤은 먹어줘야 한다. 이불 속에서 귤을 까먹으며 겨울을 난다. 봄이 오면 달래와 냉이로 입맛을 돋울 수 있다. 제철음식보다 좋은 건 없다.

제 시간을 온전히 사는 것은 철광석에서 철을 제련하는 것과 다르지 않다. 지금으로부터 즐거움을 뽑아내는 일이다. 햇과일과 갓 지은 밥처럼 우리에게 알맞은 시간은 지금뿐이다. 날마다 바뀌는 하늘, 철마다 피어나는 꽃, 제철음식, 해마다 새로워지는 생. 지금 즐거움을 얻지 못한다면 어디에서도 찾을 수 없다. 누구나 자신을 중심에 두고 세상을 본다.

마음이 눈을 따라갈 때 세상은 아름다워진다. 마음이 입을 따라갈 때 세상은 맛있어진다. 마음이 몸과 보조를 맞출 때 생은 단단해진다. 소문난 잔치는 가지 않는다. 때가 되면 틀어주는 특집방송에 볼 만한 게 없고, 타인의 편집된 인생에 진실이 없다. 사람 많은 곳은 질색이다. 내 집이 최고다. 내 삶이 최선이다. 남들이 깎아낸 껍데기를 쳐다보느라 제 삶의 알맹이를 상하게 한다면 그보다 우스운 일이 또 있을까.

흠 없는 사람이 어디 있고, 후회 없는 삶이 어디 있을까. 흠은 결함이 아니다. 실수는 고장이 아니다. 부족하더라도 부끄러워할 필요는 없다. 완벽한 사람은 없다. 완성된 삶은 없다. 살아 있는 한 완결이란 없는 것이다. 완전한 사람이 되기 위해 너무

행복의 나라로 갈 계획 따위는 짜지 않는다.

애쓰지 말자. 지금 그대로의 삶을 온전히 받아들이면 된다. 부디 행복에 지지 말기를,

　무엇도 짊어지지 않기를 바란다. 지는 것을 두려워 말고, 저버린 꽃은 뒤에 두자. 해가 지면 달이 뜬다. 조급하면 저급해지기 쉽다. 조급한 강물보다 느긋한 바다처럼 살아가자. 계획은 서랍에 넣어 두고, 그 날의 근심은 쓰레기통에 버리자. 식탁 위에 '지금' 외에는 올리지 말자. 먼 미래에 대해 오래 생각하지 말자. 행복의 나라로 갈 계획 따위는 짜지 말자. 나로 행복하면 그

만이다.

행복으로도 마음을 무겁게 하지 말자. 침대 위에서 무엇도 계획하지 말자. 일어난 일도, 일어나지 않은 일도 식탁에 올리지 말자. 상한 음식과 조리되지 않은 재료를 식탁에 올리지 않듯이. 여름에는 과일을 먹고, 봄에는 나물을 먹듯이, 가을에는 햅쌀로 밥을 짓고, 겨울에 군고구마를 구워 먹듯이.

생은 노래가 된다

그는 노래를 지독히도 못했다. 처음에는 일부러 그러는 줄 알았다. 사춘기 시절에 선생님에게 반항하는 건 특별할 것 없다. 그는 그게 아니라 했다. 지금까지 한 번도 악기를 가져본 적이 없어 그렇다고 했다. 실제로 그는 리코더도 불 줄 몰랐다. 박자나 음정 따위는 그의 세상에 존재하지 않았다. 어릴 때 얻는 기회는 나이 들어 보충될 수 없는 성질의 것이다. 그가 노력을 하지 않은 것은 아니다. 그도 여자 친구에게 노래를 불러주고 싶어 했다. 기타를 배우려고 노력하기도 했다. 하지만 뮤즈는 그의 곁에 오고 싶어 하지 않았다. 그는 체념하는 법을 배워야 했다.

학창시절이 지나고 나이가 들면서 그에게 노래를 강요하는 사람은 사라졌다. 무례한 사람들이 사라지기 전부터 그는 이미 스스로를 보호하는 법을 알고 있었다. 그는 스스로를 우스꽝스럽게 만드는 것을 두려워하지 않았다. 자신의 결점을 드러내는 것을 어렵게 생각하지 않았다. 어떤 악기도 다루지 못하고, 어떤 노래도 제대로 부르지 못했지만 여전히 음악을 즐겼다. 제대로 된 소리를 낼 수 없기에 모든 소리를 사랑하는 방법을 배웠다. 결핍은 어린 시절의 그를 괴롭혔으니 어떤 것에도 담담해질 수 있도록 가르쳤다.

그의 결핍은 음악에만 한정되어 있지 않았다. 경제적으로 빈곤했으며, 지독한 길치였다. 기계도 전혀 다루지 못했다. 운동 신경도 형편없었다. 그렇다고 해서 그가 제대로 된 삶을 영위하지 못한 것은 아니다. 인간은 결핍 속에서도 풍요로움을 찾아낼 수 있다. 막다른 길이 나오면 다른 길을 찾아낼 수 있다. 그는 결핍에 매몰되지 않았다. 그는 결핍 속에서 자아를 찾아냈다. 그는 결핍과 함께 살아가는 방법을 배웠다. 그가 누군가에게 노래를 불러주는 일은 없을 테지만, 누구라도 그의 앞에서 노래하는 것을 거리끼지 않는다. 세상은 그를 위해 노래하고 있다. 노래는 어디에나 있다.

그는 바람의 노래를 듣는다. 그는 바다의 연주를 듣는다. 그는 곁에 있는 누군가의 숨소리에 취한다. 그는 책장을 넘기는 소리를 사랑한다. 그의 앞에선 문장도 노래가 된다. 소리 없는 노래는 그의 앞에서 울림이 된다. 그를 불운하게 만들 순 있어도

그는 바람의 노래를 듣는다.

불행으로 이끌 수는 없다. 그가 콤플렉스를 극복했다고는 생각
하지 않는다. 그는 결핍을 채워야만 행복해질 수 있는 것은 아님
을 알아차렸을 뿐이다. 불행을 치운다고 곧바로 행복이 들어서
지 않음을 알게 되었을 뿐이다. 불행을 넘어서야 행복과 마주할
수 있는 것이 아니라 불행과 행복이 각기 다른 방향에 서 있을
뿐임을 인정했을 뿐이다.

내 것이 아닌 것만이 주는 행복

조카들과의 즐거운 한때, 가진 것이 적어 주머니를 털어도 약간의 시간과 마음뿐이지만 그걸로 너희의 웃음을 살 수 있으니 누구를 부러워할까. 그저 사랑만 하면 되는 존재가 있음은 축복이다. 그걸로 족하다. 책 한 줄 읽지 못하고 글 한 자 적지 못했다. 아무것도 하지 못한 채 그저 사랑만 할 수 있었다. 너희의 빛나는 한때를 함께 할 수 있어서 행복하다.

내가 간 후에도 빛나고 있을 너희의 생을 생각하면 안심이 된다. 누이가 지불하고 있는 행복의 무게를 느낀다. 나로서는 엄두도 내지 못할 부지런함을 본다. 타인이 가진 것뿐 아니라 소유를 위해 지불하고 있는 것들을 볼 수 있게 되면 누구도 부러워하지 않게 된다. 아무것도 지불하지 않고 누리는 것들을 느끼게 된다. 감사하지 않을 도리가 없다.

소유하기보다 향유하려 한다.

　분수에 맞게 살아간다는 것은 소화시킬 만큼의 음식을 먹는 것과 같다. 집어넣을 수 있는 만큼이 아닌 소화시킬 수 있는 만큼의 행복이면 족하다. 욕심을 부리면 피곤해진다. 과하면 무거워진다. 물이 맑다고 깊지 않던가. 가볍고 유쾌하게 가자. 가진 것이 얼마 되지 않기에 소중히 여기는 방법을 배울 수 있었다. 가진 것만으로도 충분히 살아갈 수 있음을 알게 되었다. 거기에 행복의 절반이 있다. 나머지 절반은 내 것이 아닌 것들이 주는 행복.

아무리 많은 재산이 있어도 세상 전체로 보면 미미한 양에 불과하다. 세상 전부를 가져도 갖고 있을 시간은 찰나에 불과하다. 내 것이 아닌 것들이 주는 행복이 여기에 있다. 귀여운 조카들이 나의 아이가 아니기에 그저 사랑해주기만 하면 된다. 아이들을 사랑하는 것처럼, 아이들이 사랑하는 것처럼 순간을 사랑하면 된다.

아이들이 자라는 매 순간이 새롭듯 살아갈 모든 날이 사랑스럽다. 가진 재산이 적으니 잃을까 두려워하지 않아도 괜찮다. 공원에서 뛰어노는 아이들의 사랑스러움과 거리를 둘 수 있어 즐겁다. 하늘이 내 것이 아니기에 흐린 날도, 맑은 날도 사랑할 수 있다. 태양의 드넓음과 바람의 자유를 만끽하며 살아갈 수 있다. 서로를 감싸 안은 연인들을 보며 웃고, 다정한 노부부 뒤에서 기도할 수 있다.

이제 나의 것이 아닌 사랑을 사랑할 수 있다. 아직 나의 것이 아닌 시간을 그리워할 수 있다. 다가설 수 없어 사랑할 수 없는 것이 있듯이 다가갈 수 없기에 사랑할 수 있는 것도 있다. 소유하지 않았기에 아무것도 지불하지 않아도 된다. 소유하지 않았기에 아무런 두려움도 느끼지 않는다. 지금 내 곁에 있는 것들을 향유하고, 내 것이 아닌 것들이 주는 행복 사이를 주유할 수 있다.

소유하기보다 향유하려 한다. 어머니는 너는 욕심이 없어도 너무 없어서 문제라고, 늘 괜찮다고 하니 정말 괜찮은 건지 알 수 없다고 말씀하시지만 욕심이 없는 것은 아니다. 다만 욕심의 방향이 소유가 아닌 향유일 뿐이다. 누군가와 소유권을 다투기보다 지금을 향유하는 일에 집중하고 있을 뿐이다.

무언가를 갖기 위해서는 반드시 대가를 지불해야 한다. 그러나 누리는 일에는 어떤 수고도 필요하지 않다. 세상을 마음껏 즐기고 맛본다. 실컷 마시고 취한다. 세상에 취하고 삶을 맛본다. 어쩌다 들어온 세상이니 이왕이면 즐기다 가고 싶다. 햇살을 듬뿍 받고 빗물에 흠뻑 젖는다.

속도에 연연하지 않고 타인의 시선을 개의치 않는다. 자신을 객관적으로 판단할 수 있다고 착각하지 않는다. 말에 흔들리지 않는다. 욕심에 휘둘리지 않고, 관계에 매달리지 않는다. 향유하는 삶을 구속할 수 있는 것은 어디에도 없다. 답을 알아낼 필요는 없다. 옳다고 믿는 것을 적기만 하면 된다.

무지가 무위보다 낫다

모르려면 아예 몰라야 한다. 알려면 제대로 알아야 한다. 제대로 알지 못하면 실천 따위 하지 않는다. 그저 말로만 떠들게 된다. 제대로 알고 있다면 행동하느라 떠들 시간이 없다. 어설프게 아는 것만큼 사람을 불행하게 만드는 일이 없다. 차라리 아예 모르면 존재하지 않는 것과 마찬가지다.

어설프게 아는 것이 많아지면 인지할 수 있으나 닿을 수 없는 장소만 늘어난다. 욕망할 수 있을 뿐 소유할 수 없는 물건이 늘어난다. 소망하지만 맺을 수 없는 관계가 늘어난다. 어설픈 지식으로 마음을 충족시킬 수 없기에 계속해서 다른 것을 찾게 된다. 찾지만 다가가지 않는다. 맹렬히 부딪치지 않는다.

어설픈 지식을 던져놓은 마음은 불행이 번식하기 좋은 배양액이다. 불행은 번식을 거듭해 결국 숙주를 삼켜버린다. 그것으로 끝이 아니다. 불행은 전염성이 강해서 주변 사람들까지 오염시킨다. 어설픈 지식은 던져버려야 한다. 나와는 상관없는 일이라 생각해 버려야 한다. 진정한 지혜는 행동하게 만든다. 행동을 유발하지 않는 것은 지혜가 아니다. 알아도 그만 몰라도 그만인 지식에 불과하다.

어설픈 지식은 있어도 그만 없어도 그만인 물건과 다르다. 물건은 집안 한 귀퉁이를 차지할 뿐이지만 어설픈 지식은 마음 한복판에 자리 잡고 영혼을 병들게 한다. 아는 것이 힘이 되려면 행동해야 한다. 행동하지 않으려거든 지식을 버려야 한다. 차라리 모르는 편이 낫다. 모르는 것은 부끄러운 일이 아니다. 어설픈 지식을 떠드는 것보다 경청하는 사람이 되는 편이 낫다. 경청이 어려우면 바깥으로 나가 햇볕을 쬐며 걷는 편이 심신을 건강하게 한다.

모르면 질투할 일이 없다. 모르면 원망할 일이 줄어든다. 타인을 궁금해 할 필요 없다. 한 번도 본 적 없는 사람들을 생의 기준으로 삼아서는 안 된다. 주관적 해석에 불과한 통계의 노예는 되지 말자. 평균의 감옥에 스스로를 가두지 말자. 관심을 두지 않으면 모르게 된다. 관심도 에너지다. 우리가 쓸 수 있는 에너지는 한정적이다. 설사 무한의 에너지를 가진 사람이라도 에너지를 쓸 수 있는 시간은 유한하다.

사람은 자신의 생을 살 수 있을 뿐이다. 한정된 시간 동안 에너지를 어디에 쏟을지 신중하게 선택해야 한다. 선택에는 무엇을 모른 채 살 것인지가 반드시 포함되어야 한다. 모르려면 확실히 모른 채 살아갈 것. 무지를 부끄러워하지 말고 어설프게 알아 무위함을 부끄러워할 것. 아무것도 하지 않으면서 모든 것을 갈망하느라 생을 말라죽게 만들지 않을 것.

우리가 알아야 할 지식은 그리 많지 않다. 살아가기 위해 필요한 지식은 몇 가지면 족하고, 행복해지기 위해 필요한 지혜는 하나면 충분하다. 타인을 변화시키려는 행위는 폭력이 되기 쉽지만 자신을 변화시키려는 행위는 새로운 삶을 향한 동력이 된다. 우리의 힘은 미약하지 않다.

나는 인생을 글로 배웠다

위태로웠던 순간 구명 튜브가 되어준 문장이 많다. 문장을 주문처럼 외우며 견딘 순간은 헤아릴 수 없다. 어쩌면 세상을 살아가기에 적절한 인간이 아닌지도 모른다. 그래도 처음보다 나아졌음을 안다. 나이 들수록 괜찮은 사람이 되고 있다.

모든 초고는 쓰레기라는 말이 있다. 처음 완성한 원고는 모두 불완전하다. 퇴고를 거칠수록 문장은 매끄러워진다. 나이 들수록 좋은 사람이 된다. 적어도 조금씩 자신을 좋아하게 된다. 세월을 소화시키며 조금씩 나은 내가 된다. 적어도 조금씩 나다워진다.

나이 들수록 경어가 편해진다. 함부로 말을 낮추는 것보다 마음을 낮추는 게 불편하지 않게 여겨진다. 나이 들수록 사소한 일상에 감사 인사를 전하는 것보다 특별한 일이 없음을 알게 되었다. 타인을 존중하는 법을 알게 되면서 스스로를 경애할 수 있게 되었다.

매일 스스로를 가다듬으면서 생은 부드러워진다. 틈날 때마다 글을 읽으면서 스스로를 다듬어왔다. 글을 쓰며 살아간다. 떠오른 글을 놓치면 아무리 애를 써도 떠올릴 수 없다. 순간을 붙잡지 않으면 행복할 수 없는 것과 마찬가지다.

제목부터 쓰고 시작하는 작가도 있고, 원고를 완성한 후에 제목을 정하는 작가도 있다. 생은 이름부터 지어졌지만 이름의 가치를 정하는 것은 생이 끝난 후의 일이 될 것이다. 세상을 위해 나를 쓸 것인가. 세상 위에 나를 쓸 것인가. 그도 아니라면 나를 위해 세상을 쓸 것인가. 내키는 대로 선택하면 그만이다. 소재는 무궁무진하고, 주제는 자유롭다.

태어난 지 얼마 되지 않은 이들에게는 갓 지은 밥내가 나고, 제법 살아온 이들에게는 농익은 과일향이 난다. 생의 가치를 무엇으로 나눌 수 있을까. 맛의 우위를 따지는 게 무슨 의미가 있을까.

세상에 공짜는 없다는 건 거짓말이다. 세상에 오는 비용은 부모가 내어주었고, 세상을 떠날 때 계산할 사람은 내가 아닐 것이다. 나를 세상에 불러낸 이에게도, 남기고 갈 사람들에게도 줄 수 있는 건 마음뿐이다.

자유를 얻기 위해 지불한 것은 싫은 사람과의 관계뿐이니 이 또한 공짜다. 빚으로 빚을 얻은 셈이다. 햇살도 공짜고, 산과 바다도 공짜다. 걷는 데에는 돈이 들지 않는다. 배를 채울 음식과 물에도 그리 많은 돈이 들지 않는다. 생명을 유지하기 위해 고작 이 정도의 돈을 지불하는 게 미안할 지경이다.

세상은 거대한 도서관이다. 공짜로 멋진 이야기들을 들려준다. 온갖 지혜를 알려준다. 배워야 할 것은 얼마든지 배울 수 있다. 나는 세상을 글로 배웠다. 세상은 무한의 언어로 가득 차 있다.

세상이 베푸는 사소한 친절에 귀를 기울이고 진심으로 고맙다 답한다면 세상은 계속 친절을 베풀 것이다. 세상에 작은 친절 이상의 것을 바라지 않는다. 계속 살아갈 수 있음에 감사한다. 소행성 따위가 떨어져 지구가 멸망하지 않아 다행이다. 자전거를 타고 나갔다가 부주의한 운전자에게 치여 그의 삶을 불행하게 만들지 않아 다행이다.

세상이 보여주는 무한한 페이지를 가능한 한 오랫동안 읽고 싶다. 아이들을 보며 행복이 어디에서 오는지 깨닫는다. 세상에 도움 되지 않는 쓸모없는 인간이지만 그래도 살아가고 싶다. 인생에 대해 누구보다 잘 알지 못해도 괜찮다. 내 생에 대해 니보다 관심 있는 사람은 없다. 타인의 생을 들여다보다 자신의 삶을 죽이는 것보다 큰 낭비는 없다. 더 이상 돌아보지 않고 스스로를 돌보며 산다.

삶은 미완의 문장이며, 생은 완결되지 않은 이야기다. 세상은 글감에 불과하다. 책을 읽는 것은 한 번의 생을 더 사는 것과 같다. 모든 사람은 한 권의 책이다. 인연을 잠시 빌린 책처럼 대한다. 그러니 소중히 다루되 집착하지 않는다. 소유하려 하지 않고, 훼손하지 않는다. 기한이 이르기 전까지 읽다 세상에 돌려놓을 뿐이다.

이따금 옮겨 적어둔 몇 줄의 문장을 쓰다듬는 저녁이 있다. 나지막한 목소리로 부르는 이름은 밤을 밝히는 시가 된다.

관계의 죽음

가까웠던 사람을, 나보다 나를 아껴준 누군가를 잃는 것은 참담한 일이다. 이별은 일종의 '죽음'이다. 수명을 다한 것이 육체가 아니라 관계일 뿐 상실의 깊이는 비교될 수 없다. 존재의 근원에 닿아 있던 관계는 영혼까지 무너뜨린다. 육체는 한 번 소멸할 뿐이지만 관계의 소멸은 불행하게도 한 번으로 끝나지 않는다. 다행인 것은 존재의 뿌리를 흔들 정도의 관계가 드물다는 것 정도일까. 다행이라 말하는 것이 적확한 표현은 아닐 테지만.

생에 말로 표현될 수 없는 아픔이 존재하는 이유는 어쩌면 그 아픔이 함부로 말해져서는 안 될 종류의 것이기 때문인지도 모른다. 바라지 않아도 상실은 일어난다. 가족 같았던, 신념의 대상이나 생의 이유였던 사람이 타인이 된다. 어디에도 없는 사람이 되어 버린다. 어디에 있는지 궁금해 해서도 안 될 사람이 된다.

관계의 죽음도 육체의 죽음만큼 존중받아야 마땅하다. 고인의 생전을 추모하고 예의를 갖추듯 관계의 상실을 받아들여야한다. 그가 주었던 믿음과 애정을 기억으로 간직해야 한다. 그래도 상실은 여전히 고통스럽다. 그러나 감당해야 할 고통이다. 고통은 서서히 기억을 추억으로 숙성시킨다. 시간이 걸리는 일이다. 어쩌면 시간이 흘러도 완전히 치유되지 않을지도 모른다. 그러나 받아들여야 한다. 어느 순간 받아들여지기 시작한다.

다시 돌이킬 수 없다. 아픔이 수그러들길 기다려야 한다. 절망이 제 할 일을 마칠 때까지 내버려 두어야 한다. 누군가의 죽음이 당신 잘못이 아니듯 관계의 죽음도 당신 탓이 아니다. 지나간 일에서 오점을 찾아내려 애쓸 필요 없다. 오점이 없는 과거는 없고, 오점이 있었기에 과거는 추억이 된다. 인간은 추억이 있어 살 수 있고, 추억을 만들기 위해 다시 살아간다.

육체가 지닌 수명이 있듯 관계에도 수명이 있다. 노력하면 늘릴 수는 있지만 끝을 막을 수는 없다. 그저 아픔이 지나가길 기다려야 한다. 당신을 위한 일을 해야 한다. 아픔을 달랠 수 있는 모든 것을 해도 괜찮다. 틈이 생기는 데는 이유가 있다. 곧장 메우려 들지 않아야 한다. 무언가가 빠져나가도록 허락해야 한다.

소중한 것은 사라지지 않는다. 빠져나간 자리에서 무언가가 자라날 거다. 사랑은 고독을 먹고 자란다. 희망은 절망을 먹고 자란다. 용기는 두려움을 먹고 자란다. 빠져나간 것들은 빠져나가야만 했던 거다. 멀어진 것은 멀어질 수 있었던 거다. 흘려야할 눈물을 모두 흘려야 한다.

누구도 대신해서 울어줄 수 없다. 울음은 존재의 증명이며, 살아 있음의 증거다. 눈물은 마음이 살아남기 위해 뿜어내는 독이다. 출구가 막히면 독은 마음에 쌓인다. 약해진 마음은 때로 독을 감당하지 못한다. 육체가 땀을 흘려 독을 배출하듯이 마음은 눈물에 독을 담아 내보낸다. 부끄러울 것 없다. 눈물은 영혼이 살아 있음을 증명한다. 영혼이 살아남기 위해 애쓰고 있다는 증거다. 당신은 스스로를 치유하는 중이다. 돌아갈 수 없어도 다시 살아갈 수 있다.

지금 당장은 어디에 있어도 볼 수 없다는 사실이 고통스럽지만 세월이 지난 후에는 어딘가에서 잘 살고 있으리라. 희망이 되는 날이 온다. 그가 누구보다 행복하게 살아가기를 기원할 수 있게 된다. 각자의 장소에서 저마다의 삶을 살아가게 된다. 같은 땅을 딛고 살진 못해도, 같은 하늘 아래 살아갈 수 있다. 같은 추억을 품은 채 내일로 나아갈 수 있게 된다.

관계가 소멸해도 추억은 희석되지 않는다. 오히려 단단하고 반짝이는 무언가가 되어 삶을 지탱한다. 아직 남은 날들이 있으니 이야기는 끝나지 않았다. 이야기가 끝날 때까지 사라지지 않을 '완진한 이야기' 하나가 당신 안에 있을 기다.

상실의 과정은 생에 한 번 밖에 없을 죽음을 미리 체험하게 만든다. 죽음과 동시에 새로운 무언가가 탄생함을 깨닫게 한다. 상대가 결국 자신과 다른 존재임을 깨닫는 동시에 자신의 일부가 되는 것을 느끼게 한다. 상실에서 우리는 생을 받아들이는 방법을 배운다.

유실물 센터

지하철에 타면 사람들과 눈 마주치는 게 어색해서 멍하니 노선도나 광고판을 본다. 낯선 사람들과 마주한 상황에서 책을 읽거나 편히 쉬는 일이 언제나 어색하다. 아무 생각 없이 서서 지하철 노선도와 광고판 사이를 멍하니 본다. 유실물 센터 전화번호가 눈에 들어온다. 지하철에서는 하루에도 엄청난 수의 물건들이 주인을 잃고 유실물 센터로 흘러들겠지. 유실물 센터는 잊어버린 물건들이 가장 많이 모여드는 장소 중 하나일 거다. 그리고 누구도 물건을 잃어버리지 않는 장소일 거다.

이따금 마음이 흘러가 닿게 되는 곳, 고독도 마찬가지가 아닐까. 어둠 속에서 빛을 잃어버리는 사람은 없다. 고독 속에서 자신을 잊는 사람은 없다. 잃어버린 물건들이 유실물 센터에 모여들듯 우리가 생에서 무언가를 상실했을 때 영혼은 고독에 닿게 된다. 유실물 센터에서 물건을 찾아가듯 영혼은 스스로에게 필요한 무언가를 고독에서 찾아낸다. 고독은 무언가를 찾기 위해 방문하는 장소다.

생은 상실을 감당하는 일이다. 상실을 전제로 하지 않으면 생은 가치를 획득할 수 없다. 아무런 변화도 일어나지 않는다면 영원은 의미를 잃을 거다. 아무런 고통도 겪지 않는다면 감사할 일이란 없을 거다. 무엇과도 이별하지 않는다면 소중함을 잊게 될 거다. 상실은 고통스러운 것이기는 하지만 아무 의미도 없는 일은 아니다. 아니, 아무 의미도 없는 것으로 만들어서는 안 된다.

어둠을 두려워할 필요는 없다. 존재의 중심은 어둠. 생의 중심에는 어둠이 있다. 익숙해질 시간이 필요하다. 오롯한 자신만의 시간. 타인에게 방해받지 않는 유일한 장소다. 타인의 시선으로부터 자유로운 공간. 우리는 어둠속에서 빛을 발견한다. 고독은 생의 중심부에서 소중한 무언가를 찾아 돌아올 수 있는 기회다.

희망은 잇는 것

희망은 잇는 것

지루하게 여기는 일상이 얼마나 놀라운 이어짐인지 깨닫지 못한다면 삶에 희망이란 없다. 어제가 오늘이 되고, 오늘이 다시 내일이 되는 것, 아침에 눈을 뜨고 저녁이면 무사히 집으로 돌아올 수 있는 것은 행운이다.

아무런 사고도 당하지 않고, 팔다리를 잃거나 청력을 잃지 않고, 직장에서 해고당하지 않고, 배우자에게 이혼소송을 당하지 않고 보낸 매일은 기적이다. 힘든 일은 있었으나 견딜 수 없는 일은 일어나지 않았다.

세상이 시작된 이후로 한 번도 같은 모양의 구름은 없었다. 구름은 우리에게 매일 새로운 날이 주어졌음을 말해준다. 평온한 일상의 이어짐 속에는 늘 새롭게 시작할 기회가 숨겨져 있다.

행복은 있는 것

행복은 온갖 노력을 다해 만들거나, 어딘가로 찾아가거나, 누군가에게 구매할 필요가 없다. 행복은 달의 뒤편이나 심해 속에 존재하지 않는다. 행복은 늘 그 자리에 있었다. 행복은 한 번도 우리 곁에서 벗어난 적이 없다.

행복은 있는 것, 그러니 느끼기만 하면 된다. 신은 인간이 잃어버리는 일이 없도록 행복을 그림자에 넣어 두었다. 신은 인간이 짓눌리지 않도록 행복의 무게를 사라지게 만들었다. 행복은 지금 자신이 발을 딛고 있는 곳에 있다.

마음을 읽는 것

마음을 읽지 않으면 마음을 잃어버리게 된다. 마음을 잃어버리면 희망도 행복도 느낄 수 없다. 주인을 잃어버린 영혼의 집에는 절망과 무기력이 찾아와 주인 행세를 한다. 절망은 힘이 세고 무기력은 끈질기다. 종종 마음을 들여다보기만 하면 된다. 무언가를 덧쓰거나 고치기 위해 노력하지 않아도 괜찮다.

마음을 종종 들여다보는 것은 창문을 여는 일과 같아서 들여다보는 것만으로도 영혼에 햇볕이 들고, 바람이 통하게 된다. 햇볕과 바람만 있어도 집에는 곰팡이가 슬지 않는다. 절망은 햇볕을 싫어하고, 무기력은 바람을 싫어한다. 가끔 자신을 위한 시간을 허락하기만 하면 된다.

그저 창문을 열어두고 불어오는 바람을 느껴보라. 아무것도 하지 않고 생명을 느껴보라. 햇볕 아래를 산책하거나 달빛을 따라 걸어보라. 강물에 시간을 흘려보내고, 파도에 몸을 맡겨보라. 억지로 자신을 변화시키려 하지 말고 변화하는 세상의 흐름을 느껴보라.

상자 속 지혜

택배가 도착했다. 얼마 전 누이에게 주문을 부탁한 식료품이라 생각했는데 이게 웬걸. 남자바지가 네 벌 들어 있다. 잘못 온 건가 싶어 몇 번이고 확인했으나 주소도 이름도 나를 가리킨다. 반품해야 하나. 어떻게 된 걸까 신경 쓰인다. 알고 보니 누이가 남편 옷을 주문하면서 실수로 받는 곳을 이쪽 주소로 기재한 거였다. 비로소 마음이 편안해졌다. 지금 가진 옷만으로도 몇 년은 거뜬하다. 계절별로 몇 벌의 옷만 있어도 살아가는 데 아무 지장도 없다.

필요한 것을 갖지 못하는 것보다 필요하지 않은 것을 갖게 되는 것을 두려워한다. 생은 가진 것이 적다고 불행해지지 않는다. 가지지 못한 것에 대해 너무 많이 생각하기에 불행해진다. 다행스럽게도 정말 필요한 것이라면 구하기 어렵지 않은 나라에 태어났다. 전기와 물은 공짜에 가깝고, 길은 잘 닦여 있다. 도서관에 가면 얼마든지 책을 읽거나 공부할 수 있다. 운동시설은 곳곳에 널려 있다. 세상 모든 사람이 이런 행운을 얻지 못한다.

물론 필요한 것의 기준은 사람마다 다르다. 번듯한 직장인인 매제에게는 출근할 때 입을 옷이 많이 필요할 것이다. 두 아이의 엄마인 누이에게는 아이를 위한 용품이 필요할 것이다. 욕망은 나쁘지 않다. 반드시 필요하지 않은 물건일지라도 원한다면 그 사람에게 필요한 물건이다. 욕망이 나쁜 것이 아니라 욕심이 해로운 거다. 집을 물건으로 채우고, 물건을 채우기 위해 더 넓은 집을 원하는 악순환을 경계해야 한다.

자신을 기쁘게 하고 생을 활기차게 만드는 소비를 해야 한다. 소비에 속박되지 않고, 소유에 구속되지 않아야 한다. 사람이 가진 것 중 가장 값비싼 것은 시간이다. 필요하지 않은 물건을 사기 위해 시간을 지불하고, 물건을 관리하기 위해 다시 시간을 소모할 필요는 없다. 현명한 소비는 필요한 것을 선택하는 행위는 물론 필요하지 않은 것을 배제하는 결정을 포함한다.

필요한 물건을 얼마든지 마음껏 살 수 있는 것이 부자라면 필요한 물건이 적어 마음대로 사는 것도 부자다. 필요하지 않은 물건을 쌓아놓는 것이 부유함이라면 필요하지 않은 것을 원하지 않을 수 있는 것은 풍요로움이다. 어느 쪽이든 저마다의 선이 존재할 테지만 소중한 것을 창고가 아닌 마음에 쌓아둔다면 잃어버릴 걱정은 없으리라. 자급자족은 쉽지 않을지 몰라도 스스로 만족할 수 있으면 충분하다.

꿈이 실체를 가진 단단한 무언가를 소유한 상황으로 변해버린 것은 언제부터일까. 확실한 장소에 닿기 위해 불안한 여정을 견뎌내게 된 것은 언제부터였을까. 소유한 재산만큼 사유思惟도 재산이 된다. 소유는 구속하지만 사유는 자유를 준다. 무소유의 삶은 불가능할지 몰라도 사유하는 삶은 가능하다. 소유와 사유 사이에서 균형을 잡아야 한다. 소유한 재산은 남기지 않아야 아쉬움이 남지 않고, 사유한 재산은 남기고 떠날 수 있어야 후회가 남지 않는다.

자신을 증명하는 것이 소유한 물건뿐이라면 생은 얼마나 쓸쓸해질까. 소유한 공간을 늘리기 위해 노력하는 만큼 사유의 공간을 넓히는 일에도 마음을 써야 한다. 오늘 누이가 보낸 택배는 잘못 오지 않았다. 삶의 지혜만 챙겨 담고 박스를 닫았다.

적당히 산다

적당히 산다는 건 대충 넘어가야 할 일은 크게 만들지 않고 엇비슷하면 지나쳐야 한다는 뜻이다. 딱 알맞지 않아도 괜찮다. 온당한 이유가 있어야 받아들이는 건 아니다. 타당한 근거가 없어도 저 좋으면 그만이다. 생에 조금쯤 부적절한 즐거움이 있는 것도 나쁘지 않다.

적당히 한다는 말의 뜻을 오해해서 스스로를 힘들게 할 필요는 없다. 적당함은 적절에 가까운 것을 선택하는 과정이지 과녁을 맞히듯 정확성을 요구하는 의무가 아니다. 적당한 둔감함이 필요하다. 샤워를 하기 위해 수온을 완벽하게 맞추려고 애쓸 필요까진 없다. 기분 좋은 온도는 사람마다 다르고, 계절마다 다르다. 모든 걸 고려할 수 없다면 자신의 기분을 우선해야 한다. 미묘한 차이 정도는 흘려보낼 수 있는 둔감함을 가져야 한다.

적당히 사는 요령은 샤워할 때 물 온도를 맞추는 데만 한정되지 않는다. 딱히 먹고 싶은 게 없을 때에도 쓸 수 있다. 세상 어디에도 자신의 입맛에 딱 맞는 음식은 없다. 얼굴 한 번 본 적 없는 요리사가 자신이 원하는 음식을 완벽히 만들어 주기를 바라면 곤란하다. 대충 이 메뉴라면 적당하겠네, 그런 정도의 마음가짐이 필요하다. 고른 메뉴에 집중해 맛을 찾아내면 된다. 그러다 우연히 딱 맞는 음식을 만나면 행운이라 여기고 즐기면 된다.

다음 번에도 행운이 계속되리라 섣부른 기대는 하지 않는다. 자신이 간을 보며 만든 음식도 입맛에 딱 맞추기 쉽지 않다. 완벽한 맛이 아닌 적당한 맛에 만족한다. 뭘 먹으면 나쁘다, 뭐 하면 빨리 죽는다, 어떤 자세는 해롭다, 그런 말들을 일일이 신경쓰지 않는다. 절이라도 들어가야 할 판이다. 절에 들어가면 채소만 먹으면 몸에 해롭다고 하겠지. 그냥 적당히 산다.

날씨도 마찬가지다. 운동하기 딱 좋은 날씨나 책 읽기에 딱 맞는 계절 같은 건 없다. 날씨에 맞춰 적당히 움직이고, 계절에 어울려 읽으면 그만이다. 내게 딱 맞는 회사가 있을 리 없다. 혼자 일해도 이게 맞는 일인가 고민하고 힘들어 하는 게 사람이다. 가족들과도 딱 맞지 않는데 회사에 괜찮은 사람만 있을 리 없다.

완벽한 장소를 찾아 헤맬 게 아니라 지금의 장소에 자신을 적당히 맞추려는 마음가짐이 있어야 삶의 고달픔이 덜어진다. 나를 위해 딱 맞춰진 장소는 지구 위에 없다.

나의 세계를 세상과 적당히 맞추며 산다. 타협하되 굴복하지 않는다. 순간에 집중하되 집착하지 않는다. 적당히 살려 한다. 세상을 내게 맞출 수 없듯이 세상에 나를 맞출 필요도 없다. 적절한 인간이 되려고 애쓰지 않는다. 적당한 순간을 모색하며 적당한 삶을 살아간다. 가능한 한 내게 적당한 즐거움을 찾아내며 산다. 고통은 피하고, 힘들면 쉰다. 고통을 겪을 때는 덜어낼 방법을 찾고, 지난 후에는 고통에서 배운다. 쉬지 못하면 편하게 할 요령을 익힌다.

완벽하지 않아도 좋다. 나름의 방식으로 생을 완성할 수 있다면 그걸로 족하다. 어떤 식으로 끝나건 생은 완결된다. 완결은 나의 의무가 될 수 없다. 언제 완결이 나건 후회하지 않도록 즐거움을 만끽하며 살아가려 한다. 목마른 자에게는 한 모금의 물이 넥타르보다 귀하다. 하물며 삶에 있어서는 어떨까. 어떤 삶을 살더라도 아예 살지 않은 것보다 낫다. 부족하다 해도 이러한 삶조차 누리지 못하고 사는 사람이 세상에 많다.

신에게 구원을 빌기에 너무 많은 축복을 받았다. 세상에 불평을 늘어놓기엔 너무 많은 것을 누리고 산다. 깨끗한 물로 씻을 수 있다. 배를 채울 음식이 있다. 일할 수 있고, 걸을 수 있다. 이만하면 웬만큼 산다. 할 수 있는 일을 하고, 나눌 수 있는 것을 나누며 사는 거다. 넘치지 않게 적당히 살아보려 한다.

꽃은 꽃일 뿐이다

꽃이 떨어진다고 떠나간 이의 뒷모습을 떠올리지 않는다. 꽃과 인생을 비교하지 않는다. 슬퍼하지 않는다. 꽃은 꽃일 뿐이다. 어제는 어제일 뿐이고, 내일은 오지 않았다. 오늘은 오늘일 뿐이다. 그러니 내게는 오늘뿐이다. Yes, ter, day 어제는 내가 지나온 역에 불과하다. 어제는 지나갔다. 어떤 시간을 보냈건 오늘에 도착하기 위해 반드시 거쳐야 할 터미널이었다.

지나간 시간을 되돌릴 방법은 없지만 지나간 날들을 의미 없는 것으로 만들지 않을 기회가 오늘의 내게 있다. 의미부여 따윈 할 필요 없다. 필사적으로 외우고 다니던 꽃말도 거의 잊었다. 첫사랑에게 받은 꽃을 몇 년간 보물처럼 간직하던 청년은 여기에 없다. 생은 생이고, 죽음은 죽음이다. 둘은 서로를 비추는 거울일 뿐이다. 죽음이 왔던 곳으로 돌아가는 일이라고는 생각하지 않는다. 별 의미도 없는 생이지만 어딘가에서 와 다른 어딘가로 가는 과정이라 여긴다. 짧은 스침 속에서 되도록 많은 것을 보고 즐기다 가면 그만이다.

세상에 오기 위해 대단한 노력을 기울이지 않았다. 세상을 떠나는 데 특별한 자격이 필요하지도 않다. 나름 엄청난 일을 겪으며 살았다 여겼지만 살기 위해 그 정도의 일은 겪어야 마땅했다. 어쩌면 그 정도로 그친 것에 감사해야 하는지도 모른다. 생에 달관한 것은 아니다. 달관하고 싶은 욕망도 갖고 있지 않다. 만약 그렇게 되면 삶은 무척 재미없는 것이 되어버릴 거다. 그저 집착하지 않으려 한다. 순간을 사랑하되 붙잡지 않는다. 아무 일도 없고, 누구도 만나지 않는 일상을 보내다 보면 과거의 일은 고통이 아닌 추억이 된다.

허름한 인생에는 잃을 게 없다. 내 작은 집에는 누군가 훔쳐 갈 만한 물건도 없다. 가진 것이 없으니 창문을 열고 잠들어도 두렵지 않다. 창문을 열어두면 어떤 날은 촉촉한 비가 스며들고, 어떤 날에는 청색 달빛이 스민다. 가을이 방 안 가득 들어차 춤을 춘다. 멍하니 누워 그것을 지켜본다. 남들의 어떤 이야기에도 웃을 수 있을 때 남들에게 괜찮은 사람이 되고, 생의 어떤 이야기에도 웃을 수 있게 되면 생이 괜찮아진다.

일상에 뿌리를 내린 채 생을 끌어안고 살아간다. 무의미한 언어유희들을 늘어놓고 즐거워하며 지낸다. 싱긋이라 쓰고 싱을 sing으로 읽고 '긋' 밑의 시옷을 사람 인ㅅ 자로 바꾸며 논다. 그림이란 글자를 겹쳐 쓴다. 글 옆에 'ㅣ'를 붓 모양으로 바꾸고 'ㅁ'을 캔버스처럼 그린다. 아이디어란 단어를 보고 아이를 존중하라는 뜻으로 읽는다. 쓸모없는 나만의 사전을 채우며 산다. 아무런 가치도 없는 나만의 유희를 즐긴다.

가을이 성큼 다가왔다. 코스모스가 흔들리며 춤을 춘다. 꽃은 꽃일 뿐이다. 나와 꽃 사이를 가로막을 수 있는 것은 없다. 지친 하루를 보낸 후에도 사랑하는 사람에게 싱긋 웃어줄 수 있다면, 바쁜 와중에도 주위 사람을 토닥여줄 수 있다면, 삶에게 싱긋 웃어줄 수 있다면 이미 넉넉한 생이다. 원대한 계획 따윈 없다. 생은 그저 생일 뿐이다. 준비가 되지 않았다고 생을 누릴 자격이 없는 것은 아니다. 인생이 무엇인지 알 필요는 없다. 그저 생을 따라간다. 내가 어디에 있는지 알지 못해도 좋다. 어디에 있건 나는 나일 뿐이다. 꽃이 져도 생은 이어진다.

무화과

보석이 가치 있는 이유는 다른 광물에 비해 성질이 뛰어나서가 아니라 그저 드물어서다. 아이들이 사랑스러운 것은 그들이 가진 능력 때문이 아니라 생명 그 자체 때문이다. 우리 중 유일하지 않은 존재가 어디 있으며, 살아 있지 않은 영혼이 어디 있을까. 존재의 의미를 깨닫는 것은 생에 특별한 가치를 부여할 뿐 아니라 타인에 대한 존중으로 이어지다 끝내 세상의 경이로움에 닿는다.

꽃은 다른 꽃의 자리를 탐하지 않는다. 꽃은 누군가를 위해 피지 않아 향기롭다. 누군가가 되려고 애쓰지 마라. 너는 이미 너의 최선이다. 너의 최고는 언제나 너다. 네 안을 들여다보라. 누구보다 붉게 핀 꽃을 들여다보라. 부드러운 마음을 토닥여주라. 여름이 끝나기 전, 잘 익은 무화과를 구해 열어보라. 눈을 감고 한 입 베어 먹으라. 생을 먹는다는 말이 무슨 의미인지 알게 되리라. 마음 안에 피어있는 꽃의 숨결을 느끼게 되리라.

무화과는 꽃피지 않고, 열매 맺지 않는다. 꽃이 주머니 속으로 들어가 열매가 된다. 사람도 마찬가지다. 사람은 마음 안에 꽃을 피운다. 누구도 다치게 만들 수 없는 장소에 꽃을 피운다. 억지로 꽃을 보이려다 뿌리를 다치게 하지 마라. 열매는 억지로 익게 만들 수 없다. 스스로 농익어 열릴 때까지 바람을 맞으며 기다리면 된다.

홀로 살아갈 용기

독신주의가 아닌 독립된 개인으로서의 삶에 대한 것이다. 홀로 살아갈 용기는 사회적 고립을 자처하는 것이 아니라 개인적 고독을 감당할 수 있는 인간이 되는 것을 뜻한다. 어떤 상황에 있건 인간이라면 홀로 살아갈 용기가 있어야 한다. 홀로 오롯이 설수 있을 때 스스로에게 자부심을 가질 수 있다. 자신감은 근거를 필요로 하지만 자존은 존재만으로 충족된다. two of us건 tour bus건 상황은 상관없다. 함께라도 혼자만의 시간이 있어야 한다. 혼자라도 세상을 여행하듯 살아갈 수 있다.

쓸쓸할 때도 있지만 사는 재미가 쏠쏠하다. 누군가와 함께 산다고 해서 자신과 함께 살아가지 못할 이유는 없다. 홀로 살아갈 용기가 있어야만 거기에 함께 살아갈 지혜를 담을 수 있다. 모르는 걸 모른다고 말할 수 있는 지혜. 두려운 걸 두렵다 말할 수 있는 용기를 품고 살아간다. 인간은 혼자인 시간에 존재를 소화시키며, 함께 있을 때 존재를 흡수한다.

우리에겐 누군가가 필요한 만큼 혼자인 시간이 필요하다. 지금 어디에 살며, 무슨 일을 하고 있으며, 어떻게 살아왔는지는 상관없다. 어떤 사람인지도 중요치 않다. 그저 살아 있다는 사실만으로 그는 행복할 권리를 획득한다. 타인에게 무엇이 옳은지 가르쳐줄 지혜가 우리에겐 없다. 타인이 무엇을 사랑해야 할지 정해줄 권리도 없다. 영혼의 그릇은 다들 갖고 있다. 그릇의 모양이 다를 뿐, 중요한 건 무엇을 담을지 결정하는 일이다.

좋은 습관 하나가 자리 잡는 건 행성 위에 새로운 생명이 깃드는 것과 같다. 해로운 버릇 하나를 버리는 것은 악인 하나를 제거하는 것과 같다. 나라는 행성이 타인이 살아가기에 어떨지는 알 수 없다. 적어도 내가 살아갈 수 있게 나의 세상을 가꿔야 한다는 사실만은 명확하다. 지금까지 누구를 이겼는지, 무엇을 이뤘고 어떤 계획을 가졌는지도 중요하지 않다. 당신에게 홀로 살아갈 용기가 있는지 질문하는 유일한 이유는 당신에게 당신을 사랑할 용기가 있는지를 알고 싶기 때문이다.

오래된 여사친들

오래 알고 지낸 여사친^{여자 사람 친구}에게 연락이 왔다. 그녀와는
일주일에 한두 번쯤 만난다. 연인이 있었을 때는 뜸했다. 예전
에는 귀한 줄 몰랐다. 이성과 친구가 될 수 있으리라고 믿지 않
았다. 사랑하거나 사랑하지 않거나 그런 단순한 세상을 살았다.

나이 들어서도 편하게 만날 수 있는 여자 친구가 있어 좋다.
그녀는 이삼 일에 한 번 문자를 보내거나 전화를 건다. 오늘은
부산에서 내려오는 길에 줄 게 있다며 터미널로 마중을 오라 한
다. 비를 뚫고 도착하니 반찬 몇 가지를 건넨다. 고맙다는 인사
를 하고 돌아왔다.

저녁 무렵, 친구에게 연락이 와 그의 가게에 들러 술을 마셨
다. 문득 고맙다는 말이 충분치 않은 것 같아 그녀에게 전화를
걸었다. 마침 근처에 있다며 이쪽으로 온다고 한다. 친구도 그

녀를 아는지라 흔쾌히 허락했다. 우리 셋은 매운탕과 생선구이를 안주 삼아 이런저런 이야기를 나누며 즐거운 저녁을 보냈다. 그녀를 배웅하고 돌아왔다.

가장 오래된 여자 친구는 어머니다. 내가 태어난 후로 그녀는 평생을 어머니로 살아왔지만 그것이 그녀가 지닌 모든 것이 아님을 안다. 한편으로는 어머니로, 다른 한편으로는 여자 친구를 대하듯 지낸다. 이따금 술 한 잔을 함께 하고 저녁을 먹는다. 가끔 꽃다발을 선물한다. 그것이 내가 선택한 사랑의 방법이다.

여사친이 꼭 특별한 무언가일 필요는 없다. 반드시 남이어야만 한다는 규칙도 없다. 나이 차가 난다 해도 상관없다. 서울에 사는 여사친이 첫 직장에 잘 적응하며 지내고 있다는 소식만 들어도 기쁘다. 베트남에 살고 있는 여사친이 고민하던 문제가 잘 해결되고 있는 것만 봐도 행복해진다. 철학과를 나온 여사친이 간호사가 되기 위해 애쓰고 있는 걸 보면 자랑스러워진다.

이성을 이성으로만 보지 않아도 될 나이가 되어 기쁘다. 그들이 나를 어떻게 생각하든 내가 그들을 그렇게 여기는 것은 자유다. 그들과 자주 보지 못한다 해도 관계없다. 가끔 생각이 나서 연락을 주고받고 진심어린 응원을 해줄 수 있어 좋다. 그들과 얼마나 연락을 더 주고받을 수 있을지는 확신할 수 없지만 연락을 하는 동안에는 마음을 다할 것을 안다.

이제야 사람을 사람으로 볼 수 있게 되었다. 이성을 이성으로 보지 않는 것은 아니지만 이성으로만 보지 않게 되면서 마음이 편해졌다. 새로운 여사친이 생긴다면 그것도 기쁜 일이 될 테지. 생기지 않아도 크게 개의치 않는다. 적어도 태어나기 전부터 나를 사랑한 어머니가 있다. 생이 끝나는 날까지 함께 늙어갈 누이가 있다. 그리고 일곱 살이 된 조카도 있다. 십 년쯤 지나 그녀와 함께 팔짱을 끼고 데이트를 할 날을 고대한다. 물론 그녀가 허락해야 가능한 일일 테지만 최소한 삶이 끝날 때까지 그녀를 지켜줄 수 있는 것만으로도 감사한 일이다.

내 생의 연탄들

어린 시절 연탄을 때고 살았다. 단칸방에서 네 가족이 옹기종기 모여 살았다. 대충 시멘트를 바른 부엌에 화덕이 있었고, 겨울이면 늘 연탄불이 일렁이고 있었다. 연탄불 온기를 깔고 잠을 잤고, 연탄불에 밥을 짓고 국을 끓였다. 겨울이 오기 전 연탄을 쟁여 놓으면 든든했다.

연탄재를 집 앞 공터에 버리는 것은 내 몫이었다. 까만 연탄이 타고 나면 살구빛이 된다. 다 탄 연탄을 던져 깨부수고 놀았다. 우유팩을 접어 연탄재를 넣어 서로에게 뿌리며 놀았다. 이따금 연탄불이 꺼지면 번개탄을 사와 불을 붙였다. 늦은 시간에 불이 꺼지면 새 연탄 한 장을 옆집에 들고 가서 불붙은 연탄으로 바꿔 왔다. 인류가 불을 발견한 이래 느끼던 경외감이 그 안에 있었다. 연탄에는 불을 붙이고 지키고 관리하는 과정이 들어 있었다.

기름보일러가 보급되면서 불에 대한 경외감은 사라졌다. 버튼 하나만 누르면 온수가 콸콸 쏟아지고 바닥이 따뜻해진다. 기술 덕분에 사람들은 직접 불과 대면할 수 없게 되었다. 끼니 때마다 연탄불에 밥을 지었다. 밥을 먹는 동안 냄비에 숭늉을 끓여 마셨다. 이제는 전기로 국을 끓이고 밥을 짓는다. 새벽녘 연탄을 갈 때마다 보던 생명의 오로라는 사라졌다.

첫 육체노동은 연탄배달이었다. 새벽같이 일어나 배를 채우고 타이탄 트럭에 몸을 싣는다. 초량에 있는 연탄공장에 가 연탄을 싣는다. 연탄을 네다섯 장씩 올려 차에 차곡차곡 싣는 것을 '민다'고 했다. 연탄을 싣고 시내 곳곳으로 간다. 사람들의 집에 연탄을 가득 채워 놓으면 산타클로스가 된 기분이었다. 삶을 데울 뜨거운 무언가를 그들의 집에 밀어 넣은 기분이었다.

연탄을 때고 연탄을 밀던 날들은 빠르게 지나갔다. 기름보일러가 보급되었지만 기름값이 터무니없이 비싸 함부로 때지 못했다. 뜨거운 물 한 대야를 받아 차갑지 않을 정도로 섞어 몸을 씻었다. 밀레니엄이 도래했다. 바쁘게 일하고, 사랑했다. 실패하고, 상실하며 살아왔다. 21세기가 된 지도 이십 년이 지났다.

내게 남아 있는 것은 별로 없고, 가진 것은 여전히 적다. 하지만 모든 것을 태웠다. 적어도 사랑했던 이들에게는 언제나 뜨거운 사람이었다. 타고 남은 마음 따윈 남기지 않고 살아왔다. 연탄불에 장판 한 자락이 익어버린 아랫목에서 유년시절을 보낼 수 있었음에 감사한다. 사랑하는 이의 목소리를 듣기 위해 동전 한 움큼을 쥐고 공중전화로 향하던 밤이 있었음에 감사한다. 가난했지만 뜨거웠던 시절을 살 수 있어서 다행이다.

풍요로운 시절이다. 기술은 발전했고, 삶은 편리해졌다. 세상은 분명 발전했다. 하지만 그러한 시절을 향유하지 않았더라면 느끼지 못했을 풍요로움이다. 생에 가난했던 시절이 있어 자랑스럽다. 지금의 삶을 은혜로 여길 수 있다. 은혜로 가득한 세상임은 종교적 관점이 아니라도 인간이라는 종이 가져야 할 덕목이다. 은혜로움을 잃지 않는 한 감사의 군대가 나를 향해 진격해 올 것이다. 생에 축복의 물결이 밀려들 것이다. 내가 거부하지 않는 한 끊임없이.

좋아하는 것이 없는 기쁨

가장 좋아하는 책은 손에 들려 있다. 가장 좋아하는 아이스크림은 냉동고 안에 들어있는 모든 아이스크림. 가장 좋아하는 음식은 지금 식탁 위에 있는 소박한 반찬. 가장 좋아하는 날씨는 오늘 아침에 맞이한 풍경. 지금 좋아하는 계절은 가을이고, 앞으로 좋아할 계절은 겨울. 가장 좋은 순간은 지금, 프라이팬에 명절 때 남은 튀김을 몽땅 부어 데운 다음 켄 리우의 놀라운 문장을 읽는 지금이 그 순간이다.

귀뚜라미 울음은 잔잔하고 바람은 선선하다. 달빛은 참방참방 일렁인다. 내일 아침엔 햇살이 사각사각 밟히는 거리를 걸을 수 있겠지. '가장 좋은 것'을 따지지 않아야 하는 건 타인과의 문제만은 아니었다. 가장 좋은 건 내 앞에 있다. 지금 내 앞에 있는 걸 가장 좋은 것으로 느끼는 힘이 자족에 있음을 알겠다.

어릴 때부터 늘 가장 맛없는 것부터 골라 먹었다. 매도 먼저 맞는 게 낫다고 생각해서 늘 힘든 일부터 처리했다. 행복이란 건 나이가 든 후에 안정이란 테이블 위에 올리는 거라 믿었다. 그래서 늘 선택지 중 가장 좋지 않은 것을 맛보아야 했다. 그러지 않아도 된다고 말해준 사람은 없었다. 어른들은 돈은 힘들게 버는 거라 했지만 그걸 위해 기쁨을 포기할 필요는 없었다. 그게 사는 거라 했지만 다들 각자의 행복을 찾지 못해 불행해 했다. 이미 그때의 어른들보다 나이를 먹어버렸다.

힘든 시간을 보냈고, 많은 시간을 그저 흘려보냈다. 더 이상 시도 때도 없이 울리는 알람에 놀라는 삶을 살지 않을 것이다. 몸을 닦아도 피로는 씻기지 않았던 시간들. 매일 전쟁 같은 하루를 살고 패잔병이 되어 돌아왔다. 갈채는 없지만 갈증은 있었다. 맥주로는 가시지 않는 갈증. 위로는 없고, 피로만 존재했다. 불 꺼진 침대 위 스마트폰 불빛이 반짝인다. 무엇을 위해 사는지 이유를 잃어버린지 오래였다.

어떻게든 살아남기 위해 나로 살아볼 기회를 포기했다. 이제는 정상에 오르는 것을 소망하지 않는다. 정상적인 삶을 살 수 있길 희망할 뿐이다. 있어 보이는 생을 위해 내가 없는 삶을 살고 싶지 않다. 다행인 건 아직 내 시간이 끝나버린 건 아니란 사실이다. 더 나은 삶을 위해 스스로를 업그레이드 하느라 남은 시간을 낭비하지 않을 것이다. 더 이상 나를 포기하고 살지 않을 것이다.

무언가를 포기한다는 건 하나를 위해 모든 걸 포기해야 한다는 게 아니었다. 한 가지 답에 집착하는 마음만 내려놓으면 되는 거였다. 남들과 같아지려는 욕망 같은 거 말이다. 나를 괴롭히는 것들을 놓아버리면 편해진다. 생은 경쾌해진다. 가장 좋은 걸 얻으려는 생각을 버렸다. 더 이상 멋진 사람이 되려고 애쓰지 않는다. 그냥 나로 살아갈 뿐이다. 지금 내 앞에 있는 순간을 맛볼 뿐이다. 애착에 머문다. 그러나 집착으로 걸음을 내딛지 않는다.

우리가 해야 할 일은 어떤 쪽이 나은 사람인지 판단하는 게 아니라 어떤 삶을 살지 결단내리는 거다. 모든 걸 갖출 필요 없다. 오히려 갖출수록 삶은 무거워진다. 하나만 있으면 된다. 하나를 온전히 느낄 수 있어야 한다. 모든 게 있으면 충만할 수 없다. 혼란스러워질 뿐이다. 방해하는 것이 없어야 한다. 오직 한 가지만을 느낄 때 생은 충만하다. 한 순간에 기쁨을 농축할 수 있을 때 생은 확장된다.

벽에는 길게 늘어진 달빛. 온전하지 않아도 부족함이 없는 밤이다. 생에 가장 좋은 것을 놓기 위해 자신을 가장자리로 밀어내지 말아야 한다. 일단 튀김을 먹어치우고 켄 리우의 책을 다 읽어버릴 거다. 그게 오늘밤을 보낼 가장 근사한 방법이다.

가장 좋은 건 지금 내 앞에 있다.
더 나은 삶을 위해 스스로를 업그레이드 하느라
남은 시간을 낭비하지 않을 것이다.
더 이상 나를 포기하는 삶을 살지 않을 것이다.
이제는 정상에 오르는 것을 소망하지 않는다.
정상적인 삶을 살 수 있길 희망할 뿐이다.

사랑한다면 그들처럼

오래된 친구가 있다. 그는 오랫동안 예쁜 사랑을 했다. 그와 그녀의 연애는 한 편의 영화 같았다. 그는 그녀에게 헌신적이었고, 그녀 역시 마찬가지였다. 그들의 연애는 주변 사람들에게 귀감이 되었다. 사랑한다면 그들처럼.

다들 그렇게 사랑하고 싶어 했다. 그는 그녀를 위해 직장을 바꾸고, 사는 곳을 바꿨다. 그녀는 그의 가족을 그보다 더 챙기고 아껴주었다. 그들은 시간이 흐를수록 서로를 깊이 사랑했다. 세월이 흐르면 사랑도 식기 마련이라는 말은 그들과는 상관없는 것처럼 보였다.

세월이 지날수록 그들의 믿음은 공고해졌다. 서로를 비추며 함께 나이 들었다. 함께 있으면 그들은 어디에서도 자신을 위한 자리에 있는 것처럼 보였다. 그들은 결혼을 약속했고, 그의 누이가 결혼할 때 친척들은 다음 차례는 그들이 될 거라 믿었고, 주변 사람들도 당연하게 여겼다. 그들 또한 마찬가지였다. 세상을 의심하는 것은 가능해도 그들의 사랑을 의심하는 것은 불가능했다.

끝내 그들은 헤어지고 말았다. 그 뒤로 그녀의 소식은 듣지 못했다. 누이 같은 사람이었으나 남이 되어 버렸다. 그는 망가진 채로 몇 년을 살았다. 스물넷에 그녀를 만나 서른이 넘어 헤어졌다. 그는 어느새 중년이 되어 버렸다.

다행인 것은 그가 더 이상 아파하지 않는다는 사실뿐이다. 그와 술잔을 두고 마주앉는다. 한 아이의 아버지가 된 친구가 묻는다. 만약 그녀가 그를 다시 찾는다면 받아줄 마음이 있는지 묻는다. 그는 한참동안 침묵했다. 마침내 입을 열어 아니라고 했다.

그녀에게 줄 사랑을 모두 주었고, 지난 몇 년은 남은 사랑을 버리기 위한 시간이었다고 했다. 일생 동안 줄 사랑의 양이 정해져 있다면 그것을 모두 그녀에게 주었다고 했다. 사랑을 줄 수 있는 사람이 그녀라서 참 다행이라며 웃었다. 헤어진 것은 헤어질 수 있어서였다고, 다만 그녀가 행복하게 살아가기를 바란다고 말했다. 사랑해도 헤어질 수 있음을 알았고, 헤어진 후에도 사랑할 수 있음을 배웠다고 했다. 그거면 충분하다고 말했다. 술잔을 비운 그의 표정은 어느 때보다 편안해보였다.

그들을 보며 운명이나 헌신 같은 단어에 담긴 진실을 배웠다. 질문을 던졌던 친구 역시 무언가를 내려놓은 표정이었다. 오랫동안 생각했다. 사랑한다면 그들처럼 사랑하고 싶다고 바랐다. 나는 그들이 될 수 없다. 나는 그때로 갈 수 없다. 사랑한다면 그들처럼, 그것은 타인을 향한 것이 아니라 과거의 어느 지점에 머무른 문장이기도 했다.

돌아오는 길에 금목서 향이 달콤하게 반긴다. 당신이 가져다 준 것은 사랑이었고, 당신이 남기고 간 것도 사랑이었다. 그 모든 것은 선물이었다. 이곳에는 삶을 사랑해야 할 의무 외에는 남아 있지 않다.

일생 동안 줄 사랑의 양이 정해져 있다면
그것을 모두 그녀에게 주었다고 했다.
사랑을 줄 수 있는 사람이 그녀라서 참 다행이라며 웃었다.

생은 그저 안는 것이다

가을장마는 잠시 그쳤고, 바닷바람이 분다. 비 그친 틈을 타 걷고 뛰는 사람들로 해안도로는 붐빈다. 오른편에는 흐린 수묵 바다. 왼편에는 선명한 네온사인. 땀을 어루만지는 바람을 느끼며 걷는다. 목적지 없이 걸어야 건강해지는 것은 몸만은 아니다. 생에도 목적 없는 걸음이 필요하다. 이루어야 살 수 있는 것이 아니라 살면 이르게 되는 이치와 다르지 않다. 마음은 맑게 빛나고 있다. 아무 의미 없는 것의 쓸모를 느끼는 평화.

누군가는 나보다 살아갈 날이 많으니 부자고, 내겐 살아온 날이 많으니 부자다. 누군가에겐 가질 수 있는 무수한 날이 있고, 내겐 빼앗길 수 없는 소중한 날들이 있다. 과연 어떤 삶이 나은지 따질 필요가 있을까.

반대의 경우도 마찬가지다. 그가 지금까지 살아온 날들에 경

생은 그저 안아주는 것이다.
고통스러운 순간일수록
더 세게 생을 끌어안으리라.

의를 표하고, 내가 앞으로 살아갈 날들을 기대하면 그만이다. 그가 버텨낸 시간의 무게를 느끼고, 내가 나아갈 시간에 설렘을 느낀다. 실패라 여겼던 일이 중요한 전환점이 되었고, 쓸모없다 생각한 시간이 평화로웠던 한때가 되었다.

아무것도 아닌 날들이 아무 일 없었던 고요의 순간이 되고, 뭐가 뭔지 알아챌 수 없었던 상황은 추억이 되었다. 손해보고 살면 안 된다지만 살아 있는 것보다 큰 이득은 없다. 본인이 살아보지 않은 날들을 판단할 수도, 살아가지 않을 날들을 평가할 수도 없다.

생은 그저 안아주는 것이다. 생의 기쁨은 아는 데에서 오지 않고 그저 안는 것이다. 누군가 알아주기를 기대하지 않고 그냥 안아주기만 하면 된다. 기쁨을 맞이할 때 생각 따위 필요하지 않다. 연인을 안을 때 다른 생각을 해서는 안 된다.

식탁 위에 근심을 올려두지 않는다. 바람이 불면 바람에 몸을 맡겨야 한다. 사랑이 끝나면 사랑에 대해 평가한다. 청춘이 끝난 후에는 청춘을 해석하기 시작한다. 생이 끝나지 않았다면 생에 대해 이야기할 필요가 없다. 삶을 평가하거나 생을 해석하지 말라. 아직 끝나지 않은 이야기를 계속 쓰라. 사랑하고 꿈꾸라. 아름다운 것들을 보고 온갖 향기롭고 달콤한 것들을 마음껏 즐기라. 맛있는 음식을 먹으라. 햇빛을 자주 쐬고, 빗속을 거닐어라.

아는 것이 많다고 행복해지지 않음을 기억하라. 아이들은 삶에 대해 생각하지 않는다. 강아지들은 사랑에 대해 이야기하지 않는다. 새는 자유를 노래하지 않는다. 다만 삶은 사랑하는 것이다. 사랑은 안아주는 것이다. 세상은 환희로 가득 차 있다. 그저 느끼기만 하면 된다. 나무에 대해 정의하지 말라. 그저 나무 그늘에 앉아 하늘을 바라보라. 꽃을 보면 쪼그려 앉아 향기를 맡아보라. 연인을 안듯이 생을 안아주라.

세상에 찬사를 보내면 감사로 돌아온다. 수십억 년을 지나왔고, 다시 수십억 년 간 살아갈 행성의 여행을 무한이라 불러도 좋으리라. 무한한 여행의 일부가 된 즐거움을 만끽하라. 살아 있는 동안 기쁨을 안아주리라. 즐거움을 어루만지고, 슬픔은 소화시키리라. 고통스러운 순간일수록 더 세게 생을 끌어안으리라.

온 몸으로 바람을 느끼리라.
바람에 몸을 맡기고 넘어가는 페이지의 쉼표 하나까지
영혼에 차곡차곡 담으리라.

나를 속삭이는 밤

지은이 | 김민
펴낸이 | 박영발
펴낸곳 | W미디어
등록| 제2005-000030호
1쇄 발행 | 2020년 6월 10일
주소 | 서울 양천구 목동서로 77 현대월드타워 1905호
전화 | 02-6678-0708
e-메일 | wmedia@naver.com

ISBN 979-11-89172-30-5 (03810)

값 14,000원